①

《格萨尔》史诗简明读本

受命天界

久美多杰　编译

青海人民出版社

图书在版编目（CIP）数据

《格萨尔》史诗简明读本 . 受命天界 / 久美多杰编译 . -- 西宁 : 青海人民出版社 , 2019.2
ISBN 978-7-225-05761-3

Ⅰ . ①格… Ⅱ . ①久… Ⅲ . ①藏族—英雄史诗—中国 Ⅳ . ① I222.74

中国版本图书馆 CIP 数据核字 (2019) 第 020305 号

《格萨尔》史诗简明读本 . 受命天界

久美多杰　编译

出　版　人　樊原成
出版发行　青海人民出版社有限责任公司
西宁市五四西路 71 号　邮政编码：810023　电话：（0971）6143426（总编室）
发行热线　（0971）6143516 / 6137730
网　　址　http://www.qhrmcbs.com
印　　刷　陕西龙山海天艺术印务有限公司
经　　销　新华书店
开　　本　787 mm × 1092 mm　1/32
印　　张　5.25
字　　数　50 千
版　　次　2021 年 6 月第 1 版　2021 年 6 月第 1 次印刷
书　　号　ISBN 978-7-225-05761-3
定　　价　32.00 元

序

通识读物让史诗极尽担当
人类文明对话、互鉴之能事

意大利社会文化学家维科在他的《新科学》一书中提到的所谓人类文化史上的“英雄时代”已经离我们远去，但英雄依旧是每个人心中不朽的坐标，英雄时代留下的文化遗产依然是我们这个时代的宝贵财富。“英雄史诗”所折射出的智慧的光芒尚烛照着今天人类文明的天空，尤其是它留给我们的坚强意志、高远理想、利他思想、超凡的智慧、无我的精神和正义的意识均在“现代主义”思潮影响下滋生的个人主义价值体系和过分推崇物质生产及技术理性的痼疾面前显示出一种别样的优越性。有

趣的是，历史总是在一往无前的进程中不断回眸自己的过去，每每在一段不平凡的发展历程之后，重新反思并加以调整自己，修身养性，乔装打扮，再次启程远航。

自20世纪60年代开始蓬勃发展的“后现代主义”思潮，可以被视为一种新燃的火把，某种意义上可称之为一种“后启蒙运动”，让人们开始反省现代主义，重新审视理性、科学及人在生物界的地位、价值与角色。现代人又开始从古老的文明中寻找新的精神养分，以便治疗和拯救业已千疮百孔的人类的道德体系、价值构架和自然生态系统。此时，人们发现，历史不但可以作为“一面镜子”反观人类的足迹，而且在其留下的斑驳文化样态中包含着丰富的琼浆玉液，足以让人类遍体鳞伤的文明躯体得到滋养。在海量的人类早期文化和精神遗产中，史诗便是少数几个荟萃诸多古老文明元素和人类原始文明基因的熔炉之一。故此，史诗让我们看到了人类在口传社会不同族群间本已存在的贯穿不同历史时期的文化神迹：跨越时空的同质性思维模式、普世性人伦观念、人与自然和谐相处的法则，以及人类的创造性和创新性发展的智慧和勇气；也让我们看到了在遥远的年代，世界各民族早已在神话与史诗的文化样态中相遇。正如维科所认为的那样：起源于互不相识的各民族间的一致的观念，必有一个共同的真理基础。这就是在“口头传统”语境下远古人类所共同秉持的诸多智慧和理念（心头词典 mental dictionnary），如格言、谚语、神话和史诗等，这种公用的“心头语言”通用于古代的一切族群。然而，后来因“英雄时代”的终结和“人的时代”的开始以及受到理性思想的启蒙，人类逐渐忽略了同是一个生命共同体的事实。有幸的是，从本世纪初由联合国教科文组织倡导的“非物质文化遗产”和习近平总书记提倡的“人类命运共同体”的理念，使史诗这一古老的文化样态再一次尽显其积极向上的本色，为人类复归其“命运共同体”本位保驾护航，从而构筑起史诗在人类文明对话互鉴中应有的堡垒地位。

回望 200 多年前，当外界还对格萨尔的英雄故事及其被冠以“仲”这一古老的本土性文类的属性和内容大惑不解时，俄国人帕拉斯，法国人亚历山大莉娅·大卫·妮尔、石泰安，美国人罗宾·廓尔曼等西方学人的译介和其通俗化表达，使格萨尔史诗这一尘封已久的古老文化样态犹如一张少女的脸庞开始向外界露出了灿烂的笑容。暂且不论此，就在国内，主流社会对格萨尔史诗的认知也最早是从20世纪40年代开始，任乃强先生在1944年发表在《边政公论》第4卷上的《藏三国的初步介绍》一文成为国人了解格萨尔的开山之作。其中道：“余于民国十七年入康考察时，即沃闻‘藏三国’为蕃人家弦户诵之书。渴欲知其内容，是否即《三国演义》之译本，抑是摹拟三国故事之作？当时通译人才缺乏，莫能告其究竟。在炉霍格聪活佛私寺中，见此故事壁画一巨幅：楼窗内有男妇相逼，一红脸武士导人援梯而上，似欲争之。通事依格聪活佛指，孰为藏曹操，孰为藏关公，谓关公之妻为曹操所夺，关公往夺回也。此其事与古今本《三国演义》皆不合，故知其书非译三国故事。最近入康考察，由多种因缘，获悉此书内容，乃知其与三国故事，毫无关系。顾人必呼之为‘藏三国’者,亦自有故。”可见用《三国演义》这一家喻户晓的通俗故事导读《格萨尔》，使当时的主流社会和民众在对《格萨尔》的理解和认识方面起到了望文生义、融会贯通的效果和作用。而这种方式，恰恰是通俗科普读物所特有的功能。

一个学科或一种文化与外界的对话接轨，首先离不开术语的接轨。后来西方世界通过借助 epic（史诗）这一关键性的术语，进一步摸索到了《格萨尔》的文脉本体，发挥了“柳暗花明”的效应。对于《格萨尔》这一重要的“文类”及其属性有了全新的认知。自 20 世纪 80 年代以来，经济的全球化、意识形态的多极化浪潮风靡全球，新轴心论者提出文化多样性，意在促进文明对话。在这种语境下，于 2001 年 10 月 17 日在巴黎召开的联合国教科文组织第 31 届大会上，与会的 140 多个国家和地区的代表，一致通过决议，将我国的格萨尔史诗诞生 1000 周年等全世界 47 个项目列为 2002—2003 年联合国教科文组织参与的周年纪念名单。《格萨尔》是我国列入该名单的唯一项目，这一文化也再一次脱离了本土语境，开始了与世界的对话和接轨，有了本土之外与他文化直面的历史机遇。这次《格萨尔》与世界的对话与接轨，不是异质文化间的简单对话，更不是原来意义上的重复性流布，而是不同文化间质的格义和交流，是不同理论学说之间的博弈。2006 年和 2009 年《格萨尔》先后被列入国家级和联合国教科文组织人类非物质文化遗产代表作名录，这使《格萨尔》从一种民间流布的文化单元向政府间认可的文化范例华丽转身，并向世界正式亮相。2008 年在给联合国教科文组织申报人类“非遗”名录的材料中阐述了当下学界对《格萨尔》文化价值新的评判和认知。其中认为 :《格萨尔》是关于藏族古代英雄格萨尔王神圣业绩的宏大叙事，它是人类口头艺术的杰出代表和族群记忆、母语表达、本土知识、民间习俗、宗教信仰和文化认同的重要载体，也是藏族传统文化原创活力的灵感源泉。目前，除藏族之外它还流传在我国的蒙古族、土族、裕固族等其他民族之中，而且在印度、尼泊尔、巴基斯坦、不丹、蒙古、俄罗斯等国家也有流传。因此，它是中国族群文化多样性和人类文化创造力的生动例证。

然而，当下对格萨尔史诗的理解和认知依然停留在为数不多的浅尝辄止的译介作品上面。无论是口头的还是书面的，多数文本仍然用民族语言文字传承、传播。显然，语言的壁垒成为外界进一步理解这一古老而伟大史诗不可逾越的一道鸿沟。随着人类文明间互动对话的加强，外界对于深入全面了解格萨尔史诗的期盼和热情也在不断高涨，对格萨尔史诗的译介推广工作提出了新的要求，通识读物的出版无疑是普及格萨尔知识最直接而又重要的方式之一。当然，这也应该是一种社会共识。我们欣慰地看到，久美多杰作为一名年轻的学者，他凭借在文学方面深厚的素养和通晓藏汉两种文字的优势，怀揣梦想和责任感，将这一工作主动承担起来，为《格萨尔》的传播极尽勤奋之能事，着力推动民族优秀文化的普及和弘扬，于国于民都是件有意义的事情。故此，作寥寥数文，以为序。

诺布旺丹

于中国社会科学院

2019 年 4 月 10 日

诺布旺丹，博士，研究员。中国社会科学院民族文学研究所藏族文学研究室主任，全国《格萨尔》领导小组办公室主任，中国社会科学院《格萨尔》研究中心主任。

1

生活在尘世的众生，因为罪孽深重，佛法显宗的法理进行教导无法使他们弃恶从善、走向解脱之道，强调佛法戒律也难以约束他们的思想和行为，就连密宗教法都不能轻易令他们开悟。人们心性顽劣，犹如坚硬的石头，想用水去泡软它是徒劳的。因此，只有拿起凿子去雕刻才会发生变化。

在古代，雪域高原战乱纷起，民众深受其苦，观音菩萨看到后心生慈悲，向西方极乐世界的阿弥陀佛祈请道：

顶礼您啊！无边世界的佛，

极乐净土的怙主无量光！

您的慈悲公正没有偏倚，

请照看那不净的凡尘世界。

大海一般深广的痛苦轮回中，

凶残的鲸鲨贪恋屠杀，

五毒的浪涛使人们恐怖，

被遮住心镜的众生如同瞎子，

流转在轮回中实在可怜，

祈请您指示一条出路。

阿弥陀佛听了观音菩萨的请求，沉思片刻后回答道：

愚痴迷惑的众生，

无缘教化很难救度，

特别是五浊时期的人类，

如果没有信仰作为环扣，

哪怕是拯救三界的大士，

也无法用慈悲的铁钩把他们钓起。

但在三十三天的境界里，

有一位神叫德确嘎布，

他和天妃居玛孜，

以空乐合和而生一名神童。

这位神童非常奇特，

听闻其名者心生欢喜，

目睹尊容后无比快乐，

让他下凡到赡部洲，

就能度化顽固的众生，

雪域的人们将得到幸福。

请你前往妙拂洲，

对莲花生转告我意！

领受了阿弥陀佛的这番授记，观音菩萨刹那间来到妙拂洲铜色吉祥山。莲花生大师的宫殿和城堡都非常雄伟庄严，那气势，阎罗见了也会惧怕，梵天见了也要退缩，魔王见了也得躲避，普通鬼神和人间众生更不敢正眼观看。

观音菩萨变作一个罗刹童子，顶戴着用珍珠壳做的头巾，周身发出一团白光，正朝着东门走去时，恰好让七头罗刹大臣看见。

罗刹大臣暗想：今天见到的这个童子，说他是神，模样又像罗刹；说他是罗刹，身上又有光环。这位陌生人胆敢来到莲花光焰罗刹城，肯定有什么重要事情。于是，他唱歌问道：

这里是妙拂罗刹洲，
在普通生灵眼里是鬼城，
但在业根清净者看来，
这就是持明空行的境界。
今晨这位小童子，
是从何方来此地？
到罗刹城有何事？
若无要事在身，
又非恶鬼迷了心窍，

怎会贸然来寻死？

妙拂洲是万恶的血海，

罗刹的食欲如烈火般燃烧，

女妖的利爪比河流还要长，

恶魔见肉反应胜过疾风。

你是谁家的孩童哪里的仙？

不得隐瞒如实报来。

听了罗刹大臣的歌，童子回答："对于意思相近的话，若不了解它的密意，内涵再深也是枉然；话不能抓住重点，说得再多也等于泡影。如果不是春雨滋润大地，苍龙也会像毒蛇一样喑哑；围绕须弥山运转的日月，若不能给四大洲带来光明，宇宙的中心也就无足轻重了。大地上的驿站有尽头，天空的白云难度量。人要是遇到重大事情，一天就能走遍世界。我来这里当然有事要禀告，但只能对你们的首领莲花生去说，而不是在大庭广众之下宣扬。"

罗刹大臣说道："喂！我们的罗刹王从远古时代起，

辖地比太空要广，权势比曜星罗睺罗还大，法治比雷雹更严，别说你这个流浪儿，就连我们这些身边的近臣，平常没有做错事也会受到惩罚。在佛律法制范围内，是不许柴草混杂的。今天，能不能让你进去，我还得去禀报一声。你和我像黄牛吃草、雨打毛驴一样莽撞前去是不行的。你在这里稍候！”说完回了宫。

这时，莲花生大师正在法性中入定，刚才在城门外发生的事情他完全晓得，却装作不知道的样子，询问回宫请示的七头罗刹大臣道：“今晨在我宫外用难听的调子，唱着毫无意义的歌，反复说着疯话的那个人是谁呀？他来这里有什么事情？想要见谁？”

罗刹大臣心想：太阳巡游宇宙，光芒照彻世界；乌云布满天空，细雨普降大地；君王稳坐宫殿，心系江山社稷。我在城门外的事，说不定他已全知道了，于是赶紧禀报：“大师！在宫殿第二道围城的东门外，我碰见了一位小童子，他不是凡人，不是罗刹，也不像天神，身上却带着一团光环。那小童子说有重要事情找您。”他把

事情的来龙去脉一五一十地禀告了莲花生大师。

莲花生大师说："善哉！俗话说，对能度人的上师来说，抛弃罪恶，比百种供养更为欢喜；对有权势的首领而言，真诚坦白，比起上百种礼品更加满意。在积蓄福德的开端，比起上百种财宝，机缘尤为重要。今天是火猴年的一月初八，正是一个吉祥的日子。因此，不管来访者是天神、龙神、念神，还是人类或神鬼八部中的哪一位，就把他请进宫殿吧！"

罗刹大臣领命回到城门外迎请来访者，可刚才那位小童像天上的飞鸟没有了踪影，如地面的老鼠不见了痕迹。眼前却长出一朵金黄色的八瓣莲花，花蕊中间显现白色的"ཧྲཱིཿ(发音哧 shi)"字，花瓣上显现"嗡嘛呢叭咪吽哧啊"八个字并自然发出声音。罗刹大臣心想：奇怪，今天这个童子，说不准是一个化身，这莲花可能就是他变的。刚才莲花生大师说过，今晨会有一位有福德的人要呈现瑞相，不管是神是鬼都要把他请进来吗？ 面前的这朵莲花，可能是一个不实的虹体，也可能是魔法师的幻术，更可能是神通者的化身。于是，他上前捧起莲花，刚走到宫殿门口，手中的莲花变成月光，射入罗刹大臣的心间。

这时，观音菩萨控制着罗刹大臣的意识，借他的口向莲花生大师唱道：

雪域是难以教化的边地，
轻蔑因缘、业和佛法僧，
发过邪愿的鬼魅们，
把众生引入歧途，
埋下罪恶的种子，
可怜的人们在苦海中轮回。
未来调伏邪魔的大力士，
是一个叫推巴嘎的神子，
清净普贤自解脱，
五方佛曾经授记，
三部怙主也已加持，
为了降恶除暴他需要化身，

如今催其立誓之事该你出面了。

莲花生大师听后面露笑容，非常高兴地唱道：

救度众生之事意义重大，

发心像太空般没有边际，

以爱心之光去利益他人，

誓愿如同星辰没有数量，

慈悲把无明的黑暗驱散。

统治三界的神童推巴嘎，

如群星簇拥的一轮明月。

诸佛的事业聚集他身上，

如来的大愿将惠及六道众生。

为度有情不会违背誓言，

救主您心中的一切想法，

但愿皆能四满到达究竟。

他表达了接受诸佛勉励的心意后，报身应化的罗刹大臣以见即解脱的奇妙方式，被度化到了安乐境界。观音菩萨看到自己的使命已经完成，便回到了普陀洛伽山。

初十日是勇士、空行聚会的时辰。这一天，莲花生大师举行盛大的法会后静坐进入法界周遍三摩地，从头顶放出一道绿色光明，催动了法界普贤五如来的心意，从普贤五如来的心间出现一柄蓝色金刚杵，杵中间部位生出一个ཧཱུྃ（吽）字，飞进三十三天喜乐园的神子德确嘎布的头顶，神子立即有了一种不可言状的快乐，感觉自己变为马头明王。接着，从虚空界自在佛母的心间射出一朵十六瓣的红色莲花，花蕊中间有 ཨཱ（啊）字。啊字射到天女居玛孜的头顶，她也感受到了无法形容的快乐，感觉自己成了金刚亥母。马头明王和金刚亥母双身和合，在空乐双运的境界中进入三摩地，发出的声音催动了诸佛的心意。于是，从五方佛的心间放出各种光明，照向十方世界，一切有情的五毒垢障被消灭干净。光明收转，显现为诸佛事业体性的十字金刚杵相，进入德确嘎布的头顶，被大乐之火熔化，又进入居玛孜的子宫，加持成为智慧风性的化身。不久，一位威光闪耀、见者得到解脱、闻者心生欢喜的神子，便从居玛孜的怀中化生而出。这位神子一诞生，口中念诵百字明咒，跏趺坐在八瓣金莲上距离地面一箭射程的半空中，唱起了演说因果事理的道歌。

此刻，住在妙拂洲铜色吉祥山宫殿的莲花生大师，知道为神子灌顶的时机已到，便从他的额头射出一道白光，照向色究竟天刹土，催动了大日如来佛的心意；又从心间射出一道蓝光，照向现喜刹土，催动了不动佛的心意；又从脐间射出一道黄光，照向吉祥庄严刹土，催动了宝生佛的心意；又从喉间射出一道红光，照向极乐世界，催动了阿弥陀佛的心意；又从密处射出一道绿光，照向胜业世界，催动了不空成就佛的心意。

于是，住在色究竟天的大日如来佛，从额间射出无量光明，照向十方世界，净除一切众生的愚昧垢障。收摄诸佛的身密加持力成“ཨོཾ（唵）”字相，又变成了白色的八辐轮形状。这白色光轮停留在神子对面上方的天空中，发出自然之音：

从法界智慧自现中，

刚刚诞生的众生救主，

各种变化随心所欲，

愚痴之心把愚痴清除。

但是，他对于众生，

不说八难不破除，

由于恹怠猜疑与愚痴，

幻想障蔽导致无明。

尽管闲暇却忙于世事，

虽是圆满但懒得修持。

一旦死到临头时，

不学无术的上师，

法帽气派地位崇高，

但他认不清来生的路；

缺乏爱心的首领，

虽说法制刑律严格，

但把业果当成石头抛向空中；

不守誓戒的佛弟子，

虽然学问和见识渊博，

嘴里尽说空话有何用？

不舍布施的富贵人家，

欲壑难填积攒钱财，

死后要裸体空手离开，

这便是世间轮回的道理。

功德具足的神童，

名字叫作推巴嘎，

具有感召的这位佛陀，

听到名字生喜除业障。

疆域广大的这位君王，

在世时国土将太平，

愿他降伏四方魔敌，

遇到他的人不会堕入恶趣，

亲眼见他者将往生极乐净土！

话音刚落，那八辐光轮随同声音一起进入神子的额头。

这时，从东方现喜刹土的不动佛心间射出一道光明，净除一切有情的嗔恨垢障，收摄诸佛的意密加持力，变成蓝色的五股金刚杵相，融入神子心间，使他获得了三摩地宝藏。五方佛天众手持宝瓶，满盛甘露，为神子沐浴，并唱道：

空性金刚太空中，

明镜圣智甘露涌流；

愿以嗔怒金刚器，

摧毁所有烦恼敌军！

上师如果不慈悲，

修行再勤也难成佛；

首领如果不爱民，

律法再严也不安定；

豪强如果不自制，

武艺再高也不保命。

只愿野蛮的众生，

心里不要产生恶念，

非凡神子推巴嘎，

虽没有三毒的业障，

得到金刚灌顶后，

已经具备了三佛身，

愿你息业任运成！

唱罢，用甘露水为神子沐浴。接着，从南方吉祥庄严刹土的宝生佛脐间射出一道光明，净除一切众生的傲慢垢障，收摄诸佛的功德福报加持力，变成灿烂的宝珠进入神子脐间。用十方菩萨的头冠、颈饰、臂饰、耳饰、胸饰、指饰、足饰以及长短璎珞、天衣等大菩萨所需的衣饰把神子装扮一新，并唱起吉祥封赐的歌：

平等圣智的大宝，

是消除骄傲的圣物，

有福德者积福德。

今日圣智宝生佛，

为教化顽民特授权，

望你慈悲调众生。

慈悲广大似太空，

没有偏私祝愿吉祥！

众生如同那繁星，

事业成功祝愿吉祥！

身命坚固如金刚，

不坏无灭祝愿吉祥！

利生誓言如雍仲，

不变自成祝愿吉祥！

珠宝镶嵌饰妙冠，

地位崇高祝愿吉祥！

珍贵耳环金项圈，

美名传播祝愿吉祥！

轻柔细宽华丽衣，

摧伏魔军祝愿吉祥！

神奇男儿推巴嘎，

虽然不恋世俗服饰，

功德五宝做灌顶，

愿你增业任运成！

不久，从西方极乐世界的阿弥陀佛喉际射出一道光芒，净除一切有情的贪欲垢障，收摄诸佛的语加持力，汇集成为红莲花相，进入神子的喉部，使他获得了六十种语言的自在，然后变为金色五股金刚杵，落到神子手中，从半空中发出声音唱道：

这一金色的金刚杵，

乃是誓言的象征物，

轮回海水未枯之前，

无量众生由你度化。

得证大海般的智慧后，

望把诸誓愿履行到底！

上界天神来灌顶，

下界龙族开宝库，

中界念神宣誓言，

雪域岭国利众生。

黑色魔王黄色霍尔等，

有形和无形的都要降伏。

对于利乐有情的菩萨而言，

虽然不必催动誓言和嘱咐，

但请务必做好拯救弱小之事，

愿你怀业任运成！

此后，从北方圣业圆满净土的不空成就佛的密处射出一道光明，净除一切有情的嫉妒垢障，并收摄诸佛事业体性，变成绿色十字金刚杵，进入神子密处，使他得到无量事业成功的自在，然后变作象征诸佛四种事业顺成的白银法铃降到神子左手中授记道：

要善巧教化五浊众生，
大力压伏邪恶的敌方，
世间高山将被摧倾，
你是佛陀功行圆满。
在寂静慈悲的云团里，
应该喷出雷霆的火焰，
击毁邪恶骄横的山岩。
那些追求钱财的上师，
满腹世俗的言辞，
要用教义智慧去制服；
那些傲慢自大的头人，
因果报应不显示在身上，
就会使庶民痛苦不堪；
那些目中无人的汉子，

若不以武力让他俯首，
连篇的空话就像雷鸣；
那些自负逞能的妇女，
若不遇到意外的挫折，
狂妄嚣张气焰冲天。
这个浊世黑心肠的人，
轻蔑因果发了邪愿，
但请你慈悲不要弃舍，
将他们救度到极乐国。
愿你诛业任运成！

经过东西南北中五方佛的灌顶授记后，一切殊胜的忿怒本尊神也为神子做了圆满的四灌顶授权。这样一来，神子推巴嘎便具备了在世上无与伦比的功德威力。

三。

神子推巴嘎将要下凡到南赡部洲的雪域高原，去做岭国董氏奔巴王系的王子。这是他前世发下的誓愿，现在时机逐渐成熟。于是，莲花生大师在妙拂洲铜色吉祥山宫殿揭开大吉祥威猛本尊坛城，在一百零八位持明、一百零八位勇父、一百零八位空行母的聚会上，为了催促推巴嘎履行前世的承诺，尽快到人间边远的雪域，去做那里的主宰，治服难以教化的众生，他对七十二尊怙主护法、十三位雪域保护神及扶持善业的众天神、龙神等作出全力保护神子的嘱咐。莲花生大师唱道：

在无边法界的虚空中，
所生慈悲的神变者——
持明神子推巴嘎啊！

你曾以大乘菩提心，

立下过不可违背的誓言，

开创利他大业的时机已经来临。

在浩渺的宇宙中，

日月无暇悠闲逗留；

世间有东西之分，

因此产生阴阳两面。

万物有盛衰规律，

草木无暇悠闲逗留；

气候在不断变化，

因此产生冬夏季节。

亲疏与爱憎同在，

凡人无暇悠闲逗留；

人类有期许和疑虑，

因此产生鬼神的概念。

雪域蕃地的五浊众生，

注定缺少安乐的日子；

若能征服邪恶势力，

大士的事业就会顺利完成。

持明神子推巴嘎，

为了引导蕃地的人们，

明晓因果是非之理，

弃恶扬善走上正道，

他要下凡投胎人间。

守护善品的护方神，

以及战神、山神等，

务必和他结伴而行，

保驾护航不能懈怠，

协助神子共创利众事业。

作为慈悲和方便的本性，

将会派遣大乐手印空行母，

在不同的时间和地域，

全力支持辅佐神子——

摧毁那些看得见的敌人，

制服各种摸不着的妖魔，
要使修善的行者得到欢喜，
更让作恶的罪人痛心忏悔。

所有战神、护法神、山神、护方神等听了莲花生大师的谕旨，纷纷发愿立下誓言，保证遵照莲花生大师的旨意，与神子推巴嘎一路同行，形影不离，相伴互助，为成就伟业尽心尽力。

此时的神子推巴嘎心想：弟子不可违背师训，否则就会堕入地狱；奴仆不可反抗主子，否则就会受到惩罚；牧人不可挡住滚石，否则就会砸破自己的头颅。但是，世间杂事需要众人处理，佛法善事需要大德引导。就好比山鹿要靠头上的角，河鱼要靠额上的眼，寺院要看讲经的上师，业果要看行善的功德，兵马要看指挥的将军。勇士克敌制胜还要配齐精良的武器，牛马驮运物品也要准备足够的饲料。要不然，空口说好话，谁会动情？徒手逞威风，如何杀敌？现在，我该怎样才好呢？头人因庶民拥戴而显贵，上师因僧众的敬仰而崇高。富家仗福气成事，英雄靠兵器逞强。虚空高远无边，遇到阴天不再广阔；大地承载万物，也需要神灵的护佑。所以，这次下到凡间，如果在父母、部族、辖地、庶民、眷属、仆从等各个方面没有一个恰当合适的安排，我即便答应下来，要想担负使命，在实际行动中肯定会遇到不少无法想象的困难。于是，他对莲花生大师唱道：

我为利生降生凡界，

教化那些难改的顽民，

似乎有很大的难度。

要让众生脱离痛苦，

虽然有慈悲作利箭，

但是若不具备巧妙的弓，

就难以射中固执的靶心。

如果没有海水的蒸发，

天空不会落下甘雨。

如果大地不够湿润，

田里的五谷难以成熟。

如果父母不合精血，

神子又如何投生为人？

如果不靠福分和人气，

我也无法成就蕃地的事业。

虽然不用讲究身份背景，

但是世人看重社会地位；

只要云朵不掉到地面，

灵鹫一定能翱翔天空。

所以，我得出生在豪门望族，

父亲必须是念神的后裔。

虽然不贪恋虚幻的财物，

然而世人攀附显贵欺贫贱，

追名逐利作威靠的是金玉；

山的形成要有土和石头，

巍峨高大皆因土石垒起来。

所以，我需要荣华富贵的舅家，
母亲必须从龙族中选择。
虽然不受家室妻妾的诱惑，
但是应该确定一位不分亲疏厚薄，
品性端正的智慧空行母做伴侣。
为了慈悲地保护众生，
应该选一个吉祥光荣的国度。
为了彻底降伏魔军，
应该拥有众多顺从淳朴的庶民。
拥有容忍和智慧的甲兵，
没有必要带刀枪及弓箭，
但是为了除净凶敌罪恶的果报，
还得配备精良的武器和坐骑。
若不能满足以上所求，
恐怕很难完成在人间的使命。

听了神子推巴嘎的请求，莲花生大师沉思了一会儿，随后说道：“现在，你投生到人间的芸芸众生中，自然需要具备成就事业的条件。”说着放眼寻找适合神子推巴嘎降生的吉祥庄严国土。他向雪域之邦看去，上部阿里地区，布让由雪峰围绕，古格被石山围绕，芒域为冰川围绕，因此统称为“阿里三围”；接着察看中部卫藏地区，那里有约如、卫如、耶如和云如，因此统称为“卫藏四如”；随即再观察下部多康地区，那里有擦瓦岗、芒康岗、麻则岗、木雅绕岗、色莫岗、泽贡岗，因此统称为“多康六岗”。在这片广袤的大地上，作为神子降生之处和教化的领土，有的环境不太适宜，有的条件比较差，想选定一个理想的地方实在太难了。接着，莲花生大师又观察寻找哪里有适合的部落和民众。他看到上部的“阿里三围”和中部的“卫藏四如”，虽说都是教化之地，但却没有神子推巴嘎大显神威之处，也没有以猛厉的手段和方法征服有形和无形敌人的广阔天地，莲花生大师最后发现在下部多康六岗所属的岭国，乃是玛域福运的中心，也是富饶美丽、众人向往的地方。这里有上岭赛巴八族、中岭文布六族和下岭牟绛四族繁衍生息的草原和农庄，是一片福禄兴隆、民众恭顺、十善俱全的宝地，应该作为神子降生的最理想的区域。

大师又去观察适合神子投生的父亲家族门第，他看到岭国上、中、下各个部落中，选择奔巴家族非常理想，他们是念神的后裔。有个首领叫多吉潘确，他有三个女儿，小女儿姜茂萨生有三个儿子：长子是吉本·戎擦查根，次子是超同，幼子是森伦。这三个儿子中，幼子森伦心地善良，品性温和，而且他们家族的山神是念钦格佐，所以让他当神子推巴嘎在人间的父亲是再好不过的事。

莲花生大师又想：神子的母亲应当来自龙族，在清净的龙界，龙王奏纳仁钦的小公主梅朵兰泽是地遁空行母的化身，应设法把她招到人间，去做推巴嘎的生身母亲。然后，还需要给神子找一位陪伴的空行母，让璁叶庄严世界的忿怒光明佛母的化身投生到嘉洛家族，成为他在人间的王妃。这样，铠甲和兵器将会被战神九兄弟守护，坐骑会得到马头明王的加持。有了这些，推巴嘎的事业就自然能顺利成就。

莲花生大师经过全面考虑后，对神子推巴嘎说：“善哉，善男子，你要到边远的雪域大地，去教化那里难以治服的众生，为此，我应当向你详细指明一切缘起和条件，你要牢记在心。”说完便唱道：

善男子，请细听：

你以息、增、怀、诛四种事业，

治服世间应化的生灵，

要借助缘起和方便，

要有自己的领土和拥戴的属民，

要有孕育和抚养你的父母，

要有飞快的坐骑和坚固的甲胄，

要有锋利的武器和英勇的部众。

对于那些造孽深重的恶徒，

若不采用方便、慈悲、权势与武力，

连佛陀也很难引导他们，

因此，需要你增长神力扬威武。

神子大展宏图的地方，

位于雪域的多康六岗。

大地不动显灵气，

那是和顺幸福的象征；

山峰对峙如双箭，

那是政教兴旺的象征；

草原就像铺毛毡，

那是实现二利的象征；

江河并流似玉带，

那是心愿成就的象征；

前有蒙兰白岩山，

那是你显现人身的地方；

生活在那里的人们，

实力雄厚衷心拥护你。

你的父系出自念神，

受到格佐山神的保护；

母亲还在龙宫中，

是龙王奏纳仁钦的三公主；

璁叶刹土的忿怒母，

会成为你的终身伴侣。

引来战神兵器的坐骑，

将由马头明王来变化。

神子，只要你发菩提心，

以各种方便普度众生，

因缘事业由我来帮你完成。

神子，你所做的利生之事，

有诸佛菩萨会保佑，

由本尊空行来助力，

让护法神与方护神陪伴，

叫善品山神来挟持。

对待边远蕃地的有情众，

你要大发慈悲啊善男子！

治服五浊邪恶的众妖魔，

你要大展威力啊心爱子！

听了莲花生大师的教诲，神子推巴嘎在想：为了治服那些顽固难化的魔众，使他们改邪归正，我到世间若不能留下一些善果，让众生证得菩提圣道，那就太没有意义了。于是，他对莲花生大师说："善哉，我永远的保护者，至圣的皈依处，宏恩浩荡的大师啊！俗话说：'世间的罪恶不大，则地狱不会太深；地狱不深，则显不出佛的加持力。敌人的势力不强大，就难以露出英雄本色；不露英雄本色，就无法试宝刀的锋利。没有平坦的原野，则骏马不便奔跑；骏马不能奔跑，就分不出快马是哪一匹。'现在，要去治服魔军，提高善法的地位，昭示因果真相，使人们明白做善事是快乐的本性，造罪孽是痛苦的根基，对因果报应产生坚定的信念，我一定要按照上师的旨意去做。对于那些没有听闻过佛法的可怜的民众和罪恶深重的强梁，若不能使他们现时认识因果、将来得证佛地，我推巴嘎即使舍弃性命也在所不惜。今天在上师面前，我发誓立下这个宏愿。同时，还要以这一愿力所积的善根，回向包括微小虫蚁在内的所有生灵。在总摄十方一切如来体性的莲花生大师面前，我供献法界菩提心的曼陀罗，请您用大悲心来摄受我！”说完，他便唱道：

在莲花生大师面前，
但愿我与普天有情众生，
都能得到佛陀的果位！
我推巴嘎——
好比雪山上的雄狮，
如果不能以威武压群兽，
身具力量又有何用？
如同彩云中的苍龙，
如果不能用吼声震寰宇，
爪中持宝又有何用？
就像如意树顶金翅鸟，
如果不能展翅冲向九霄，

羽翼丰满又有何用?

蹂躏蓄地众生的妖魔,

顽劣凶横似坚石,

如果不用钢凿去雕刻,

金刀肯定无法对付;

毒药没有强大的性能,

孔雀的尾翎就不会艳丽;

五烦恼要是不清净,

五身佛智就难以发现。

上师的威光,

在鬼神面前才会显露;

英雄的豪气,

在敌军面前才会展示,

姑娘的容貌,

在情人面前才会更美;

银子的光泽,

在宝石面前才会发亮。

恶霸若不肃清，

则无力褒扬善人；

罪孽若无报应，

便不会行善积德。

因此，我定会遵照您的教诲，

全力以赴做利众之事。

对作恶多端的罪人，

软硬兼施以慈悲对待，

与我有善恶因缘者，

让他们认识因果报应，

来世生在我的刹土，

终究获得佛果。

我要把利己者从轮回中拔出，

让利益他人者事业飞黄腾达。

神子唱完，以威镇三界的莲花生大师为首的持明、勇士、空行、护法和山神等，共同受用了大乐会供后各自散去。

三。

神子推巴嘎已答应要降生人间。为了将来降伏边地的非人和魔类，正如“毒要以毒攻，铁需拿铁断”这句谚语，神子诞生在一个由念神和龙族后裔结合的家庭显得至关重要。人间的生父已经选好了，现在摆在莲花生大师面前最大的问题是要想办法给他找一个龙族女性作母亲。

于是，莲花生大师拿出传染龙病的药物，诵了咒语，装进黑牦牛的犄角里，投入玛旁湖中，发出一阵巨大的爆炸声。由于这个缘故，所有龙界遭受污秽，到处发生瘟疫。龙众不知如何是好，十分恐慌。看到疾病无法治愈，各方龙族首领坐不住了，都聚集到奏纳仁钦龙王的宫中，异口同声向他呼救。他们唱道：

尊敬的龙王，

请您仔细听我们讲！

不久前的一个夜晚，

天空中烈焰冒毒烟，

轰隆的地动山摇，

大火烧得海湖干枯，

从此龙界瘟疫四起。

若非前世的宿业，

便是今生的孽缘。

眼前不发生灾祸，

就忘记上师的宏恩；

战火烧到家门口，

才记起首领的保护；

连年丰收的光景，

不知道节俭的好处；

健康时享受安乐，

得病方能体会痛苦。

事情到了这个地步，

却没有想出拯救的良策。

请龙王考虑并赐教！

奏纳仁钦龙王听了这话，心中很是不安，他一边叹息一边唱道：

这事我已经知道了，

龙族实在是太可怜！

树木无枝鸟不愿栖落，

鸟不栖落则马不受惊，

马不受惊怎会破了头？

或许是在人世间，

哪位咒师下了狠手，

否则不会有如此大的灾难。

有句谚语这样说：

临诵经时和尚哑了嗓子，

要供养时施主的手变僵硬，

快到赛跑时马的四腿发颤，

该去追猎物时狗喘气慌乱。

我们龙族本来有神通，

凡事都能明了无遮障，

这次瘟病为何不知原因？

要请星相家堆算，

应让卦师来占卜。

人的主意要问神，

神有心思作禳解。

在陆地不远的地方，

有个叫多吉昂雅的卦师，

快请他来算一下。

龙王唱完，大家经过商议后一致赞成请卦师来占卜。于是，便派龙子囊瓦司丹去请卦师。

再说莲花生大师，他给龙界投下秽物以后，又把自

己要办的事情托付给卦师多吉昂雅，对他说："奏纳仁钦龙王马上要派人来请你去占卜算卦，到时候你就说：要治好龙病，除了莲花生大师以外谁也没有办法，若不遵照他的话去做，恐怕龙界就会遭到毁灭。"

龙子囊瓦司丹运用神通刹那间来到了卦师多吉昂雅处，将一颗单眼晶光珠献给卦师，向他说明了来意，请求他到龙宫算卦，看看到底是什么原因让龙界招来了病灾。

卦师多吉昂雅心想：我既然已经答应了莲花生大师的嘱托，就要谨言慎行，不能有半点马虎。他用五十匹骡子驮着三百六十种卦绳、五百种卦木、五十种卦石、三十二支神箭、三百六十种五行算卦图表，还有卦书等算卦用品，与龙子囊瓦司丹一同起程去了龙宫。

当他们来到龙界时，奏纳仁钦龙王拿出除暗蓝光夜明珠和镇伏热病水晶珠两样宝物，供献给卦师多吉昂雅，并唱道：

运用占筮圆光五行算，

指点世事的卦师啊！

人间有句谚语说：

秋冬之交的寒霜，

本身没有什么罪过，

时令不好才得了恶名；

两山中间的河流，

并非奔流太急，

而是地势高低所决定。

在无边的天空中，

有一轮金色的太阳，

若不看月亮的圆缺，

就辨不清上弦和下弦；

在宽广的原野上，

远行的旅人会迷路，

若不是昂宿指方向，

就分不清东南西北。

我奏纳仁钦头脑昏沉，

若卦师不指点迷津，

就无法禳解这灾难。

请你快给龙界占卜吧，

有什么要求尽管说，

要什么器具立即配，

我要等算卦的结果。

龙王唱完后，多吉昂雅心想：爱玩诡计的汉子，若不考虑周全，便不会被人信服；乘风而飞的鹰鹫，若不高空盘旋，就不能平稳落地。他随即说道："今天，无论是占卜龙王的贵体，还是占卜龙众的疾病，或者是占卜其它事情，都得需要器具，比如修法的东西，供养的物品等。这些若不能置办齐全，就谈不上揭示问题的要害。因此，要准备一条干净卦单、十三支神箭、五十种不同的珍宝、一副白鹫的翅骨、一条白绵羊的右前腿、一面无垢的水晶宝镜，等把这些东西置办齐全以后，再来问我要占卜什么！"

按照卦师的要求，龙王差遣他的随从，即刻把所需要的用具备齐交给了卦师。卦师把洁白的卦单铺在自己面前，用绸绫把十三支神箭装饰起来，把白鹫的翅骨插在白绵羊的右前腿骨上，挂起无垢的水晶宝镜；再把五十种不同的珍宝摆在毡毯上，展开三百六十种五行算卦图表，排列上五百种卦木板，将卦线打上三百六十个结，并摆开三十二支神箭，算了一下，然后看着卦象唱道：

今日要算的卦，

是为龙国清除污秽。

当初究竟来自何处？

中间还有啥灾难？

最后会有什么变故？

应该怎样对治才能见效？

不要掩盖请明示！

哎呀！

此卦主凶不吉利，

卦端虽好卦体重，

对方高而本位衰，

只有做法事才能禳解。

清净的龙族世界，

不曾有过这样的灾难和疾病，

现在只有依靠莲花生大师，

他具有驱邪除秽的法力，

你们最好去把他请来。

人间有句谚语：

性命攸关时不要惜财，

福禄来临时就要勤奋；

只要敌人不突然袭击，

假传情报就是好消息。

秦纳仁钦龙王请你把这话记在心里！

多吉昂雅唱完这占卜的歌后，秦纳仁钦龙王心想：一生积蓄财产，只图一人温饱，对于宝贵的生命毫无意义，那都是无常虚幻之物。于是，他对卦师说：“哦，很好！

对我有恩的卦师，常言道：‘谁有利谁就亲，谁有害谁为敌；得利者报恩，有害者埋怨。’如果不懂这个道理，就是旁生畜类。”为了酬谢卦师，秦纳仁钦龙王赠送了用十三匹骡子才能驮得动的财宝。

第二天，龙界大众聚会。秦纳仁钦龙王高声对大家说：“昨日请卦师算了一卦，他说想要医治龙界的疫病，除了去迎请莲花生大师再无别的办法，可是我们谁都不认识这位大师。你们当中，有谁能自告奋勇前去迎请他？”

这时，一位名叫米滚嘎布的龙子站出来说：“我愿前去谒见那位大师。”众龙看到他没有半点病痛，便问他为什么安然无恙？他回答说自己因为过去和现在都一直虔诚祈祷莲花生大师。听完，大家同意他去邀请，并叮嘱道：派去的人如同射出的箭，所到之处要办成事。能不能把莲花生大师迎请到龙界，希望全都寄托在你身上。大师有什么要求，你都要答应下来。有句俗话说：山沟只要溪水常流，冰川就没有融化完；花朵不为秋霜所袭，籽儿掉落又何妨？”说完，将一只琉璃如意宝瓶和一颗清凉灭火宝珠交到他手里，作为献给莲花生的见面礼品。

米滚嘎布依仗莲花生的慈悲，以心力神通看到了大师所在的位置，遂到铜色吉祥山宫殿去谒见他。大师佯装不知，问道："你身穿绫罗衣，头顶绾着右旋海螺髻，蓝色的水绸作头巾，胯下骑着长角羚羊，手里还捧着宝珠和宝瓶，到底是天神、念神还是龙族？来这儿有什么事情？"

听到莲花生大师的问话，米滚嘎布赶紧从羚羊背上跳下，把琉璃如意宝瓶和清凉灭火宝珠呈献到大师面前，行礼后禀告道："今生和来世唯一的上师，我本是下界龙族的一员，今天受奏纳仁钦龙王的差遣来这里，想迎请您去龙界做法事消除污秽禳解病灾。如果您把龙族从疾病中解救出来，想要什么一定供献什么。"他向莲花生大师详细禀告了事情的前因后果。莲花生大师听后唱道：

小僧我住在这里，
没有想敛财的心意，
如果非要请我去龙宫，

你们得承诺办几件大事，

如果答应了我就跟你走。

要请大山去作客，

须有草原来迎接，

否则不该动大山；

要引江河到川地，

需用黄金做水渠，

否则不会随意流。

请你把这话记在心里！

莲花生大师唱完后，米滚嘎布说道："若不能兑现承诺,我专程来拜见您就毫无意义了。为了迎接大师到龙宫，我们龙界上至王族、下到民众，大家共同商议后派我前来邀请您。我们办事不像人类，决定了的事情永不反悔，话已出口就决不改变。我一个奴仆，代替主人决定事情，并不是下属权力有多大，而是因为奏纳仁钦龙王有言在先，他必定会守信用。"说完，爬在地上连连磕头——腰背上下起伏，如同乐师弹奏琴瑟；竖起拇指求情，就像山羊翘起尾巴。

看到那恳切的样子，莲花生大师就对他说：“那么，你先行一步，把详情转告龙族大众，我随后就到。”

米滚嘎布辞别莲花生大师回到龙宫，将大师应允驾临的好消息禀告奏纳仁钦龙王等。他说道：“莲花生大师声誉很高，就像天上的苍龙，但名望太大，好似雪山顶的雄狮。但是，上前一看，倒像一条疲乏的狗。我看他呀，不过是个很不起眼的僧侣，而且还带着几分傻气。为了医治龙病，我已经把他请到了。俗话说：‘不与哑巴争辩，不跟呆子嬉玩，不跟吝啬鬼做生意。’我没有摸透他的底细,但他答应许多要办的事。他张口说的是因果佛理，但归根结底还是为了钱财。我想他要是没有治病的能力，就不敢空口提报酬。所以，我答应了他提出的要求，一切得按照他说的去办。现在我们应做好准备才是。”

奏纳仁钦龙王问道：“他有没有说过在修法方面需要准备什么东西？”米滚嘎布回答说：“他说要想请大山，

就得铺下大草原；欲引江河，还需修筑金渠，这话很严重啊！”奏纳仁钦龙王和他身边的随从们说道：“若是能拔掉龙族大众的病根子，提出什么要求都好办。常言道：‘只要大山不倒，鹿群总会结队；只要冰雪不消，河水长久流淌。只要是我们龙界有的财宝，可以尽量满足他的愿望，我们没有的，他也不可能拿走。”

这时，莲花生大师运用神通法力来到玛旁湖的第一道门口，看到湖中动物一个个被疾病折磨得东倒西歪、摇头摆尾，呻吟声和恸哭声此起彼伏。又见那琉璃玉顶龙宫内，龙子龙孙们疼痛难熬，在那里苦苦挣扎。

莲花生大师进了龙宫，被请到黄金宝座上。奏纳仁钦龙王捧来一个装满各种果品的红珍珠盘子，又拿出一个满盛甘露妙药的解毒宝瓶，敬献在大师面前，恭敬地说道：“今生和来世我们唯一的上师，蒙您大驾光临，我们深感荣幸。”说着就把事情的经过详细禀告给莲花生大师，然后他唱道：

只要太阳有光热，

南云消散也不可惜；

只要龙国复安泰，

珍宝耗尽也不要紧。

大师您尽管吩咐，

需要什么一定会满足。

龙王唱完后，莲花生大师说道：“人间有句谚语：‘天高可以搭梯子，地厚可以挖坑道，崖坚可以用凿子，水深可以造船搭桥。’所以，治疼痛要有验方，疗脏腑需拿良药，悦神祇得用禳祓，送厉鬼只靠符咒。办法虽然多种多样，但龙界出现这般恶兆，传染这样难治的病症，占卜的卦象又如此凶险，无论从哪个角度分析，你们都有深重的灾难。俗话说：‘施主灾厄重了，上师的危险就大；对他人有利益，于自己必有害。’所以，你们供养什么东西，要依从我的指点，要满足缺食者的胃口，填饱穷人的肚皮，你们能办到吗？”

听了莲花生大师的话，奏纳仁钦龙王和大臣们心想：前日使者说的话果然不假，他确实是一个“羊头还没有煮熟就想割舌，面茶没有滚好便要滤渣，声音没有出来忙着伸颈”的主儿。但不管是好是坏，眼下治病最要紧，供养肯定不能太薄。于是，龙王说道：“这就是所谓‘说话之前先思考，吃饭之前先供神，赛马之前需先下注’。现在，他提什么要求，我们也就只好照办了。”

大家商议已定，便向莲花生大师立誓，情愿一切按照他的要求办。大师随即吩咐道：“既然如此，那就快去准备各种树枝、净水和治病的药物，以及用吉祥草装饰的金、银、铜、玉、水晶五种宝瓶，还要准备好白狮子、如意牛、雌牦牛、白绵羊和山羊的奶子，摆好洁白无暇的供神台，上面供右旋的白海螺、白色莲花瓣状的神镳和有三个节的白色神箭等，然后通知所有患者明日到举行法事的场所集会。”

各类物品很快就备齐了。第二天早晨，所有的病龙，瘸腿的被搀着，瞎了眼的被牵着，有痨疾的被背着，危重的被抬着，大家早早地来到了集会场所。

莲花生大师在那里建起了圣者狮子吼的坛城，为净除秽气焚烧熏香，诵咒进行了加持，然后在五种宝瓶中灌满五种动物的奶子，并加入药草作引子，燃起妙香，用吉祥草蘸五种净水洒在上面，进行祈祷和祝福。

莲花生大师完成一整套仪轨后，所有龙病顷刻之间全都康复，瘸子跳起了舞，哑巴放声歌唱，瞎子看见了大师的尊容，聋子听到了法音。他们个个心情舒畅，容光焕发，感觉幸福的太阳又重新升起来了。奏纳仁钦龙王满心欢喜地唱道：

大恩的上师啊！

让我唱歌赞颂您。

感谢您莅临龙界，

消解了生灵的病痛，

给龙族带来了幸福。

欢乐的歌儿今日不唱更待何时？

低处田园五谷成熟，

全靠云彩的恩情，

若不是云中降雨，

禾稼怎会丰收？

高处大山峥嵘巍峨，

全仗雪峰的陪衬，

若不是积雪盖岩孔，

花岗岩路如何开通？

沟口河水流量充沛，

全因湖泊的蓄积，

若不是源头连湖泊，

夏季的清溪冬天枯竭。

龙族从病灾中脱身，

全是大师的加持，

若不是作熏烟洗涤，

难料还有什么灾难。

化身佛的大恩，

我们永世报答不尽。

只有唯命是从听您的吩咐，

大师想要什么提出来！

奏纳仁钦龙王唱完歌，众龙也齐声说："我们会尽力报答大师您的宏恩。"

次日清晨，众龙聚会。会场中央设了一个闪烁着玉石光的黄金宝座，宝座上镶嵌着红宝石和松耳石，还挂满珍珠流苏作装饰，珠光闪耀，璀璨夺目。奏纳仁钦龙王请莲花生大师登上宝座后，把十三种如意宝奉献到他的面前作为供养。众龙见了这些宝物，无不惊喜异常，就好像穷人见了财喜，饿汉见了食物，懦夫见了援军一样。

这时，龙子米滚嘎布手持念珠，面向莲花生大师说道："大恩的众生导师，三界的大宝法王，您解除了众龙的病痛，使龙界获得了安宁。对这样的大恩大德，就是把三千大千世界填满宝物作为供养也不过分。但是，花朵虽小也是供品，柯子虽轻也是妙药。所以，请你慈悲领受！"说完便唱道：

大恩的上师莲花生，
我们以薄礼报宏恩：
如意宝珠十三件，
夜光宝珠十三颗，
消热宝珠十三只，
其他宝石八十驮，
还有黄金十五万斗，
庵磨宝珠无数串，
恳请您收下这些供养。
祈愿以慈悲之心，
眷顾我们龙国。
发愿从今日起，
我们是虔诚的施主，
您就是众龙的上师，
希望建立永久的关系，

但愿一切吉祥如意！

听了歌，莲花生板着面孔，睁着闪闪发亮的眼睛，鼻子里哼了一声，说道："你们龙族不知报恩，就像是给狗扔酥油，为敌谋福利；你们龙种还不知好歹，就像过了河再不回头去看有没有船。仅仅这么一些宝物，怎么能满足我的心愿呢？"

众龙听到这话，一个个都惊慌起来，心想：就像射出去的箭，先前说过的话，怕是再也难以否认了。他们说道："大宝上师您如何吩咐，我们都恭敬从命就是。"

莲花生大师说："把奏纳仁钦龙王的王后唤来，我有话要私下对她说。"

听莲花生大师这么一说，众龙都非常吃惊，心想：哎呀！大师说的这是什么话。他会不会伤害王后呢？或许是我们龙族疑心太大，大师怎么可能做出这种事情来。于是，便把王后引到莲花生大师面前。

这时，莲花生大师让其他在场的龙族退出去，然后对她说："我对龙界有大恩，你们却给我这么点报酬。这些花花绿绿的石头，那堆黄色的沙子，在旷野上到处都是，想要多少随手可以捡到，我拿这些东西有什么用？吃又不能吃，穿又不能穿，带在身上反倒是个累赘。你不是有几位漂亮的公主吗？能不能让带走一位？"

王后听了这话，羞得满脸通红，简直无地自容，她连连说"是"退了回来。

王后不好在众龙面前把事情说出来，她写了一张纸条放在了龙王面前。龙王一看纸条气得拍了一下手掌，说道："这个大师怎么会提出这样的要求？"他当众宣布道："莲花生说要选一位龙女，请把三位公主都叫出来。"

龙族大众听了这话，有的放声狂笑，有的暗自讥讽。这时龙王感到很为难，因为大公主和二公主已经许配给其他龙国的王子，现在只有小公主没有订亲，可以让他带走。若不是因为莲花生大师对龙界有大恩，无论如何也不会答应把公主送到人间去。但事已至此，也只好让他在三位公主中挑选一个了。

奏纳仁钦龙王叫来三位公主，对她们说："莲花生大师的恩情你们都知道，我早就许下诺言，他要什么供养都要遵命奉送。刚才送的大量宝物他都不要，他只想从你们三姐妹中间挑选一位带走。俗话说："哪方的太阳暖和就转向哪方，谁的恩情最大就给谁好处。现在，你们姐妹三人要到大师面前让他挑选。"

这时，龙王的谋臣出来献计道："我们除了三位公主，还可以另外派一些姑娘前去，也许他会选中其他长得标致的龙女。"

龙王和众臣都同意他的意见，就挑选出四个龙女，连同三位公主，让她们七位戴如意宝珠，穿绫罗绸缎，打扮得漂漂亮亮。来到莲花生大师面前时，都装作很害怕的样子，头颅低垂，眼睛微闭，双腿弯曲，似乎站立不住似的，而且还不停地抓头挠耳。莲花生大师左看右瞧，最后选中了小公主梅朵兰泽，便立即喊道："那两个女子后面有一位皮肤有点青色，身材娇小的姑娘，长得虽不漂亮，但却很耐看，她正合我的心意，我喜欢的就是她。"

听了莲花生大师的话，龙族大众忍不住笑了起来。大家心想：与其选对，还不如选错的好，这句话很有道理。

莲花生大师问："可不可以把这位姑娘作为供养？"龙王回答说："当然可以。我们是船在河里，箭在弦上，脚在镫中，随时都准备着呢！"

大师又转身对小公主说："你要向你的父王索取延肖恭古大帐、十六卷《济龙经》和龙畜福角母牦牛这三样东西作为妆奁。另外，除了能消除贫困的增扎摩尼珠宝、解渴用的雪山精华宝、自生食物的黄金小桶这三样宝物外，其他什么都可以不要。"

这时，众龙已经散去。小公主梅朵兰泽来到奏纳仁钦龙王面前，她唱道：

父王啊！

今生珍贵的是父母，

来世难遇的是佛法。

若不是命中注定，

我哪儿都不愿去。

有句谚语这样说：

出门的人要有财物，

没有财物就等于去讨饭；

弦上的箭要有羽毛，

没有羽毛只是一节竹竿。

远嫁的姑娘要有妆奁，

没有妆奁好像那流浪女。

如今我要离开龙宫，

需要延肖恭古大帐，

带上十六卷《济龙经》，

还有那福角母牦牛，

以及增扎摩尼宝，

解渴宝珠雪山精，

自生食物黄金桶。

另外还要温暖的衣服，

尊贵父母的教诲，

动听而情深意切。

公主唱罢，龙王对女儿说道：“这次莲花生大师消除了龙病，使龙界得到平安。为了报答他的宏恩，才把你供养给他。俗话说得好：‘闺女不能永住在娘家，隽鹫不会老死在鸟窝；姑娘远离父家是常情，勇士死于刀下是归宿’。女儿你是我的骨肉，我自然加倍疼爱。为了不被众龙讥笑，维护我的尊严，你所需要的衣饰和妆奁，我都会筹办，宫中其他珍宝，虽说不宜流失到凡人手里，但女儿现在要离开父母，你身份高贵，所以什么都可以给你。”

第二天早晨，龙王便将三公主梅朵兰泽和她所要的全部妆奁供献给莲花生大师。

告别的时候，大师和小公主与龙王、王后都不忍分离。最后，莲花生大师大展神通，一眨眼工夫，带着公主和宝物到达了湖岸。来到人间，莲花生大师想：要把这个龙女暂时托付给一个人家。他对公主唱道：

龙女梅朵兰泽啊，

我有话要问你：

我来自无生无死的境界，

自然也要回到那里去，

我没有固定的归宿，

所以要给你找一个合适的住所，

不论王室、官吏或普通人家，

由你选择我去安排，

等到三年之后，

我会派有缘之人来接你。

听了莲花生大师的话，梅朵兰泽也拿不定主意，不知如何回答。

大师继续说道："我来卜一卦，看看卦象再决定你该到哪里去。"说着把自己的僧帽抛向空中，只见那僧帽发出彩虹般的光团，降落到了果部落的热洛·敦巴坚赞家的帐篷顶上。敦巴坚赞见了，认为是一件吉祥物，把它取下来供奉在家里。莲花生凭借神通，知道他的僧帽在热洛·敦巴坚赞家中，于是向敦巴坚参家的帐房走去。

就在这一天晚上，敦巴坚赞做了一个奇特的梦。他梦见一位身穿白衣的人，光团萦绕着周身，把一只满装甘露的宝瓶交给了他，并说道："明日清晨，不管谁到你家门口，也不管他说什么，你都要接待，这样一定会得到很大的成就。"说完便消失不见了。

敦巴坚赞梦醒后心中非常喜悦，连忙起身，穿好衣服靴子，走到门口观看。不多时，他便看到前面走来一位僧人，身后跟着一位美丽的姑娘，她手中还牵一头驮着许多东西的母牦牛。敦巴坚赞很是奇怪，心想：他是干什么的？看上去很像是一位上师，身后却领着一位女子，又不像是出家人。这是不是昨夜梦里提示的那个人呢？不管怎样，先问问他的来历再说吧。

他迎上前去问道："尊敬的瑜珈师夫妇，您二位从哪里来？要到何处去？牦牛背上驮的是什么货物？请到我家坐一坐，我们聊聊吧！"

莲花生大师回答道：“我是从妙拂洲来，我要到妙拂洲去，要去融于大乐的明智界，要去观修最高菩提心，要去成就至深厚利他业。我们今天来这里，是为你敦巴坚赞的事。”

莲花生大师的大悲之力，把敦巴坚赞的身口意三门都摄服了。因此，他想起了昨夜梦中的情景，对面前的僧人产生了极大的信任，急忙迎请他们进入帐房，献上茶水食物，殷勤款待，并请求他护佑加持。

莲花生大师对他说：“热洛·敦巴坚赞请听我说，我若不为众生，作为僧人有什么意义？出家不求佛法有恶趣，研习甚深密法也会迷惑；修道不能断除中阴身，虽有验证也是泡影。这是我来此地的目的。”说完，他唱道：

我乃邬金莲花生，

是为三界众生的利益而来，

此次给龙族消除病苦，

到你们果部落有因缘。

龙王的公主梅朵兰泽，

让她做你们的女儿；

延肖恭古大帐，

把它当作你们的家底；

十六卷《济龙经》，

把它作为你们的供奉；

龙畜福角母牦牛，

把它作为你们的家畜。

鲜花降落到草原，

别让孩子触碰要去供神，

若求加持有感应，

不可拿它做交易。

公主梅朵兰泽，

会使热洛声望越来越高，

你要好好保护她。

只要这样，

一切都能如愿以偿，

等到哪天有人来找时，

就让他把姑娘和财宝全带走。

莲花生大师嘱托完毕，热洛·敦巴坚赞说："绿色草原福报好，细雨不请自然降临；阳春三月福报好，杜鹃不请主动飞来；热洛敦巴福报好，公主不请自己来作客。我一定会遵照大师的旨意保护好公主和所有财宝。"他还唱道：

热洛乃是果部落的首领，

我的全名叫热洛·敦巴坚赞。

梅朵兰泽做首领的女儿，

我要让她过得快乐，

犹如侍奉父母一样，

不让她受任何委屈，

等到大师重归凡间，

所有财产如数还给主人，

我向三宝发誓为您作保证。

敦巴坚赞唱罢，莲花生大师满意地说：“这样很好！这姑娘就托靠给你啦，要记住，她的苦乐全在你身上。”说完，化作一道白光消失在西南方向的天空中。此后，龙王的三公主梅朵兰泽在果部落度过了两年零五个月时间。

二十四。

神子推巴嘎得到五方佛的授记灌顶，但依然留恋天界的生活，对于下凡到人世间救度苦难众生，他还是有很多顾虑。

莲花生大师来到神子推巴嘎面前，他说：“你上次提出的那些条件——尘世间的降生国度、家族、父母以及伴侣、部众、将士，还有所需佛像、佛经、佛塔和法器、供器、财宝、武器、盔甲、坐骑等，都按照你的要求已经安排妥当，等到机缘到来时，就能得到所需之物。现在，你要肩负伟大使命，到凡间去造福百姓，使众生早日解脱，让他们在你的功绩中幸福地生活吧！”

此时的神子推巴嘎信念有些动摇，他立刻向莲花生大师磕了三个头，然后请求道：“您让我去人间降妖除魔，为民除害，造福众生。可是，据我了解，南赡部洲的人类不怎么知道感恩，从他们对待牛的态度可见一斑，不论牦牛、黄牛还是犏牛，人们需要时挤奶喝，提炼酥油给自己补充营养，剪毛拔绒纺织帐篷、衣物，等到年老体衰时宰杀吃肉，这跟杀了亲生母亲有何区别？而且，人类互相嫉妒，争强好胜，不知廉耻，很多人不孝敬父母、不尊老爱幼、不信仰佛法、不懂得善恶取舍。请求您不要让我去凡尘世界吧！”

说罢，神子推巴嘎迅即来到东方不动佛的刹土躲了起来。众天神发现推巴嘎不见踪影，认为他一定藏在近处，可怎么也找不到。阿弥陀佛和度母菩萨用慧眼看到神子推巴嘎在不动佛的刹土采摘鲜花游玩。莲花生大师变作一个八岁的小孩，一边采花一边走近神子推巴嘎。

他问推巴嘎道："你在这里干什么？"

"我在享受无尽的禅定乐趣。"神子回答说。

小孩说："雪山之巅有非常精彩的表演，你愿意和我一起去观赏吗？"

神子表示愿意。两人来到雪山顶上，看见有两头白色狮子摇头摆尾、翻腾跳跃。两人看得入神时，神子突然觉得不对劲，他仔细观察身边的小孩，发现原来小孩是莲花生大师变的。于是，他像一阵风一样飞往印度圣地灵鹫山右侧的圣骏玛哈巴拉所在地，变作一匹小马驹，在马群里来回跑动。因为变作小孩的莲花生大师是骏马智慧的化身，他一下抓住了小马驹。在回去的路上，神子又飞到五台山文殊菩萨道场的上空，进入发自文殊菩萨心间的光芒中时，暗自思忖：我躲在五台山，也许谁都找不到。他连忙对文殊菩萨请求道："天界众神派我去人间，可我实在不愿意，请求菩萨把我藏起来，好吗？"文殊菩萨毫不犹豫地伸出钵，让神子躲藏了进去。

阿弥陀佛、释迦牟尼佛、长寿佛、大日如来佛、法身普贤如来和观音菩萨知道神子藏在文殊菩萨处，便要文殊菩萨把神子交出来。文殊菩萨说："我可没有见到什么神子。"观音菩萨一听这话非常气愤，他立刻变作一个高大威猛的巨人，右手举起五台山说："正当世间众生饱受痛苦的时候，他们最需要的就是能够驾驭三界的神子推巴嘎，你若不把他交出来，我就毁了五台山。”文殊菩萨见势不妙，心想：神子前来投靠，我本应保护他，可如果不交出来又会惹怒诸佛和菩萨。就在这时，神子迅速从钵中跳出来说：“我现在就跟你们走。”

两个月后的一天，神子推巴嘎又悄悄溜出天宫，来到半空中消遣时，遇到了骑羊护法（又名“具誓黑铁匠”）神。护法神提着风囊，正在为护佑世间众生和处理各种繁杂事务而匆忙飞行。神子灵机一动，钻进了骑羊护法神的风囊里。护法神感觉风囊突然变沉了，于是用力一抖，从里面掉出一个纯净透明的孩童。他惊奇地问道：“你是谁？钻进我的风囊里干吗？”

神子双手合十道：“我是神子推巴嘎，以前受过不少苦，现在住在阿弥陀佛的刹土，可是诸佛和菩萨要派我去人间，所以跑来投奔您。”

骑羊护法神说：“我救不了你，要是让莲花生大师不高兴麻烦就大了。”神子再三请求，护法神只好答应他钻进风囊里暂时躲避一下。

观音菩萨发现神子躲藏在骑羊护法神的风囊里，他变作一个纯净透明的孩童，来到骑羊护法神面前，问道：“护法神呀，你在半空中忙什么呢？”

骑羊护法神回答：“我在忙着打铁制造刀剑。”

观音菩萨又问：“你今天有没有遇见一个小孩？”

骑羊护法神回答：“我什么也没有看到啊！”

观音菩萨再问：“那么，你有没有看见一个纯净透明的小孩呢？”

骑羊护法神笑着反问道：“你自己没有孩子，干吗要找一个啊？”

观音菩萨心想：“看样子，不请莲花生大师，骑羊护法神是不会轻易交出神子的。”他迅即来到莲花生大师前说：“神子现在躲藏到骑羊护法神那里，如果你不去教训一下，他是不肯交出来的。”

莲花生大师来到骑羊护法神面前直接问道：“黑铁匠，你的风囊里边藏的是什么？”

骑羊护法神不知道该如何回答时，莲花生大师严厉斥责道："你看上去整天忙忙碌碌的，为什么要做违背诺言的事情？"

骑羊护法神慌忙磕头求饶。莲花生大师命令道："你现在马上把神子推巴嘎领到我面前。"

骑羊护法神一听立即把神子交了出来，正当莲花生大师教训和警告护法神的时候，神子却消失在了天空中。

莲花生大师到阿弥陀佛那里说明情况，其他天神用各自的法力寻找神子，都没有发现他的踪影。于是，莲花生大师把念珠抛向天空、扔到地上各算了一卦，发现神子推巴嘎现在正躲在吉祥天母那里。他在无数空行母的簇拥下来到吉祥天母的宫殿，说："我知道神子推巴嘎跑到你的宫殿里了，他现在在哪里？"吉祥天母佯装不知，她说："他没有来过我的宫殿，即便想来也不可能渡过汹涌的海洋；就算渡过了海洋，他也不能闯过黑风旋涡；若能闯过黑风旋涡，也无法在虹光大殿立足。"

莲花生大师说："天母你可不能这么讲，现在人间妖

魔横行，众生没有依靠，神子推巴嘎要作为他们的拯救者即将下凡，需要做很多利益众生的事。”

听到莲花生大师这么一说，吉祥天母透过黑风旋涡看到人间悲惨景象，顿时泪流满面，她二话没说就把神子交了出来。

又过了一段时间，神子从天宫偷偷溜出来，到释迦牟尼佛面前说：“佛祖，您是众生的导师，以利益有情为己任，我是来向您求助的。”

释迦牟尼佛问：“你是推巴嘎吗？”

神子回答说：“正是。”

于是，他们一起待了十二天。

诸佛在西方极乐世界阿弥陀佛那里交谈时，莲花生大师突然想起在雪域拉萨有个大昭寺，里面供有释迦牟尼佛，说不定神子推巴嘎跑到佛祖那里去了，便对诸佛和菩萨说：“我要去雪域拉萨视察一下。”他顺着阳光铺设的大道来到大昭寺门前，看了看四周后自言自语：“我曾经在这里降服了七厉鬼，如今其中两个已经摆脱了束缚……”就在这时，释迦牟尼佛走了出来。释迦牟尼佛向莲花生点了点头问道：“大师啊，你来这里有何贵干？”

莲花生大师微笑着回答：“我是来寻找一位神子的。”

释迦牟尼佛把莲花生大师请进大昭寺内聊了很多，然后把神子推巴嘎叫了出来，说：“你不要再东躲西藏了，今天咱们一起去天界。”神子跟着释迦牟尼佛和莲花生大师回到了天界后，释迦牟尼佛说：“不久之后，你要到人间做很多让众生离苦得乐的善事。”

神子推巴嘎没有直接答应佛祖的话，他谎称身体不适，走进一朵黄色莲花中独自玩耍。看守推巴嘎的神灵们认为他现在无处可逃了，所以也没有太在意。这时，推巴嘎乘机逃到毒龙的世界，变作一只白蛙对毒龙说：“我是从天界来的,想待在你们这里,希望你能保密。”毒龙想：这么可爱的神子，实在是太难得了，今天主动找上门来，世上哪有这等好事，我应该照他说的去做。于是，他把神子带进一个里面住着很多蛇类和蛙类的房间，用上好的饮食和精彩的歌舞盛情款待他。

天界众神到处搜寻、反复卜卦，空行母以慧眼观察，可就是找不到神子推巴嘎。观音菩萨一气之下扯断了水晶念珠。顿时，空中狂风呼啸，下界山摇地动，海面掀起巨浪，水中龙族恐惧万分。鲸、鲨、蛙、蛇等动物遭到冰雹的猛烈袭击，其中一只白蛙被一颗水晶念珠击中并粘在背部无法取下来。过了一碗茶的工夫，观音菩萨用慧眼看到神子推巴嘎藏在毒龙的世界。他想：从那个地方把神子引出来实在有点困难，现在该怎么办呢？这时，白度母来到观音菩萨身边说："从铜色吉祥山宫殿把莲花生大师请出来，他总会有办法的。"

观音菩萨来到铜色吉祥山，对莲花生大师说神子推巴嘎躲在毒龙的世界。莲花生大师戴上五瓣莲花冠，穿了法衣，手持金刚杵、天杖和头颅钵，来到诸佛聚集之所。诸佛和菩萨见到莲花生大师便对他说："神子推巴嘎去了毒龙的世界，把他从那里召回有一定的难度，你有什么好办法吗？"

莲花生大师二话没说就启程去了毒龙的世界，他找到龙魔后严厉地命令道："神子推巴嘎在你处，快把他交给我！"

龙魔没有答应，莲花生大师异常愤怒，他想：要把龙魔引到天空中教训一下。于是，他变化成一只体型巨大的金翅鸟，铜嘴如剑，铁爪燃火，双翅覆盖大地。龙魔看到突然出现一只金翅鸟，猜想这只巨鸟可能是莲花生变化出来的，他立即变成一条比金翅鸟还要粗壮、长约数万里的黑色九头毒蛇，躺在海洋中稍微动一下便会激起千层浪涛。这时，金翅鸟俯冲入海，用铁爪掐住九头毒蛇的颈部，铜嘴咬住头部，然后奋力飞到三十三天界，却看到毒蛇只有一半的身体露出海面。毒蛇想：莲花生变成金翅鸟，费了好大劲才把我的上半身拉出了海面，我倒要看看他还有什么神通和能力。金翅鸟把毒蛇一截一截地生吞活咽，继续往天上拉。毒蛇见势不妙，觉得与莲花生对抗不会有好结果，于是赶紧认输，连连求饶，表示悔罪归顺。他说："尊贵的莲花生大师，我今后永远服从您的调遣，请您饶了我吧，我马上把神子送到您面前。

还有，我请求您现在到我的世界宣说佛法。”

莲花生大师变回原身，来到龙魔的宫殿，给众多毒龙宣说佛法，进行灌顶和加持。龙魔以虔诚恭敬之心给莲花生大师供献了许多珍贵的宝物，随后迎请莲花生大师到神子推巴嘎所在之处，指着各色蛙类中有一只背部粘有一颗水晶念珠的白蛙说：“这就是神子推巴嘎。”

龙魔走过去从白蛙身上取了水晶念珠献给莲花生大师，白蛙现了神子的原形。莲花生大师带着神子返回了天界。

这一天，神子推巴嘎独自在天界的喜乐园里游玩。莲花生大师突然出现在神子面前。他说：“神子呀！你不能再这样下去，与妖魔斗争是你无法逃避的责任，你要尽快到人间，给众生带去希望。现在时间不多了，你还有什么要求请说出来吧，我会尽力办到。”

正在这时，普贤王如来和观音菩萨也来到他们身旁，对神子推巴嘎唱道：

神子啊！请不要伤悲，

你去做利益众生的事，

有诸多如来的加持，

五方佛给予了灌顶，

十万空行母会全力护佑，

天神龙神念神在你左右，

战神护法神将如影随形，

振作精神去完成使命吧！

听到歌声，从四面八方围拢过来的众天神、龙神、念神、战神及护法神当场宣誓要自始至终全力护佑、支持和援助神子推巴嘎在人间完成大业。

阿弥陀佛面露慈祥的微笑，他对神子唱道：

推巴嘎，

你是莲花生的心传弟子，

具有威猛与文静的方法；

因为前生往世的发心，

教化众生的事业不可阻挡。

现在请消除所有疑虑，

舍弃对天界的眷恋，

一心只念人间苦难，

投生雪域创造伟业。

神子推巴嘎听后向诸佛菩萨磕头行礼，并唱道：

三世十方佛菩萨，

我从很多别劫以前，

无数世投生净与不净之土，

总觉没有做出有意义的事，

今生受诸佛本尊空行母派遣，

要去人间利益苦难大众。

之前因为自心不够清净，

充满顾虑和疑惑，

先后逃跑躲藏了九次，

现在我要悔罪请求宽恕！

为了苦难众生的事业，

我愿意领命下凡间，

并向诸佛菩萨发誓：

要以毕生精力维护正义，

降魔除妖，征服强敌，

实现雪域大众的自由和平与幸福！

神子推巴嘎看到时机已到，便准备结束天界的寿命，下凡去人间投生。

4

五。

在人间赡部洲的北方，雪域高原的多康（安多和康区的简称）地方有一块美丽富饶的区域，是人们向往的风水宝地——岭国通瓦衮孟。在那广阔的领地上，黄河右侧山间有十八道岔谷，其中赞隆岔谷的上方，查多南宗的左边，有一座大城堡名叫霞日珠宗（意为“东山龙城”),城堡中央有一处被称作白玛尼夏(意为“莲花日出”)的府邸，主人名叫吉本·戎擦查根，是古印度大成就者古古热巴的转世化身。他在岭国三十位英雄中是年长者，在三十位首领中位居第一，也是三十位掌权者的总管王。

这天夜里，总管王吉本·戎擦查根做了一个奇异的梦。在梦里，阿尼玛卿雪山顶上升起一轮金色的太阳，阳光照亮了整个雪域。在太阳的正中间出现一柄金色的金刚

杵，降落到岭国中部的吉杰达日神山上，蕃地的所有山神都来到达隆滩上集会；又梦见蒙兰山头升起银色的月亮，金山上空的群星闪烁着光芒；还梦见格佐山上彩虹相连，玛旁湖面光芒四射；又梦见他的弟弟森伦王手中拿着一把宝伞，白绸子做顶，绿绸子镶边，黄绸子的流苏，黄金的伞柄。那把大伞覆盖着西方达森的邦霍山，东方嘉那的瞻亭山，南方天竺的玛玛格，北方霍尔的雍赤湾一带所有地方。接着又梦见西南方天空中出现一片云彩，云端上有一位头戴莲花冠的上师骑着一只白狮子，右手举着金刚杵、左手握着天杖，由一名身穿红衣衫、头戴骨饰的女子引路来到他的面前，同声说道："大首领，不要贪睡快起身！黎明过后太阳照到普陀山。若想让岭国享受阳光，慵懒之人难成事。"说完唱道：

岭国各部的首领啊！

若不掌握好时辰，

昏沉的睡眠无绝期；

若不控制住心态，

高傲的头颅没人压；

若不收敛那贪婪，

富者的欲壑难填满。

现在是火鸡年四月初八日，

良辰吉日好征兆。

长系三高属大鹏，

仲系有名如龙吟，

小系勇猛胜狮群，

请让各部落的民众，

在十三之日那天集会。

仲夏五月初八日，

上到高僧大德，

下至黎民百姓，

不论邦主老财，

东方黎明破晓时分，

聚集在玛嘎林的拉康塘，

会期一直到十五日，

连续供奉礼赞战神。

以金树和玉柏为主，

筑造十三座煨桑台；

以战神的业旗为主，

升起十三面吉祥幡；

以财神的披风为主，

建起十三个招福处；

以富豪米饮伦珠为首，

开辟十三个舞蹈场；

以淑女嘉洛噶萨为首，

诵唱十三支发愿歌；

以冰糖和红糖为主，

要摆放十三盘素食。

如果诸事能圆满，

雪域必然呈吉祥，

岭国一定会强盛。

拜谒天界净土时，

男儿不要动摇信念！

享用成就供品时，

好汉不要流出口涎！

宴会陈设杯盘时，

美德女子须顾体面！

入场斟酒敬茶时，

贤淑女子不能颤抖！

宾客来到门前时，

有才女子必须灵巧！

吉兆运气降临时，

分析精确最为重要！

上师和女子唱完后便在西南天空中消失不见了。

总管王吉本·戎擦查根从梦中醒来，感到浑身舒畅，心情愉快。他连忙呼唤仆人道：“喂，噶丹达鲁！喂，小伙计丹巴达吉！难道你们的耳朵都聋了吗？”

二人被总管王的叫喊声从沉睡中惊醒，心想：总管王这是怎么啦？他平日里动作迟钝如大象迈步，说话从容似大江缓流，性情温和像春日暖阳，处事稳重无异于须弥山，胸怀宽广好比无垠的大地。可今天不知为什么竟像老山羊一样咩咩乱叫，和老狗一样汪汪狂吠，而且，那语调传入耳中似乎跟劈柴或打铁的声音没有差别。

两人来不及系好腰带，连声答应："来啦，来啦！"说着把衣襟一掩就往外跑，结果脚尖踩住衣袍下摆，像鸟儿啄食般踉踉跄跄往前扑去，额头一下碰到柱子上。走进总管王的寝室，看见吉本·戎擦查根穿戴整齐地坐在宝座的边沿等着他们。两个人心中又想：按照往常的习惯，总王管每日清晨起来，先要念很多遍六字真言，诵二十一遍《忏悔经》，然后还要做回向发愿、供水、煨桑等各种仪式。这些功课做不完，他是不会起身办其他事情的。而今天早晨，看他心情急躁的样子，如同雪山一角崩塌，雄狮出来要觅食引得百兽不安宁；又好比石山顶上起雾，天空阴沉将要下雨。看样子今天肯定有差事要交给我们。

这时，只听总管王说道："我刚才做了一个奇异的梦，这样的梦连董氏部族祖宗三代人也肯定没听说过，岭国民众几辈子都难以想到。提起这个梦啊，蓝天无法覆盖，大地难以承载，不知黑头藏人们能不能接受得了？除了有加持的上师、有权势的首领、有福德的富人外，对其他人暂时不能讲。我想去迎请大成就师唐东嘉波到这里，不知能不能请到他。从昨晚的梦境看，也许用不着专程去迎请，为了利生之事，大成就他自然会主动找上门来。现在，需要给米钦·杰尉伦珠和嘉洛·敦巴坚赞二人各送去一封信。你们马上准备早茶，快点给我端来！"

二位仆人暗自庆幸没有受到责备，赶紧跑到灶房生火烧茶，却发现灶中的火在自行燃烧，吉祥右旋的铜锅里熬着福寿花茶，正冒着热气。于是，他俩叫醒了睡在一旁的厨师，让他在银制的花茶壶里灌满茶水，往里面放上最好的酥油，撒上北方出产的盐巴，倒入新鲜牛奶调配成一壶色、香、味、营养俱全的早茶，然后由厨师索南雅培掌灯，丹巴达吉提着茶壶，来到总管王的寝室。

总管王吩咐道：“丹巴达吉、索南雅培，你二人先把头茶盛满供器献在佛像前，给我端茶时最好唱一曲献茶的歌，因为快乐的歌曲是带来吉祥的前兆。”

按照总管王的嘱咐，二位仆人斟满酥油奶茶敬献到佛像前面，然后一人拿起上等哈达，一人提起银壶，唱起了吉祥的献茶歌：

在这个吉祥的夏天，
杜鹃鸟送来佳音，
母牦牛奶汁充足；
在苍龙吟啸的日子，
五谷结出了精华，
六大部开始强盛。
唱起瑞祥之歌，
首先应赞美这盏灯——
灯器是用黄金制成，
象征上部赛巴八族，

血统高贵赛过黄金；

灯内盛满了酥油汁，

象征中部文布六族，

幸福生活如海充溢；

灯火能消除黑暗，

象征下岭穆绛四族，

福气兴旺似火焰燃烧。

银壶里的奶茶——

用嘉那毛尖茶煮成，

新鲜牛奶调好颜色，

酥油精华增加养分，

北方盐巴能提味道，

六种妙药融在其中，

温和香甜而又滋润，

色味俱佳有益身体。

具备八功德的甘露水，

头茶献供上界的天神，

愿三宝地位比天尊！

二茶献供中界的念神，

愿幸福降临声誉广！

三茶献供下界的龙神，

愿牲畜大增福运来！

四茶奉给首领您，

愿实力吓破敌人胆！

天空是五行之首，

因此覆盖宽广；

董氏是各部之首，

因此地位高贵；

岭国是富饶之地，

因此幸福圆满；

哈达是吉祥之物，

因此瑞气升腾。

祝愿岭国所有部落，

地位与日月相齐，

部众像群星繁衍，

声望似雷声轰鸣，

疆域像虚空无边，

寿命坚固如金刚岩，

政局稳如须弥山，

气运胜似如意树，

命运愿同大地平稳！

以此因缘之歌献茶，

祝美好心愿变为现实！

二人唱完，在总管王的大肚碗中斟满酥油茶。正在这时，南方天空中突然响起一阵雷声，总管王说：“啊，太好啦！因缘自然形成，苍龙发出吼声。”随即高兴地喝起茶来。

等到天亮后，总管王唤来秘书喜饶嘉措，吩咐他给米钦·杰尉伦珠和嘉洛·敦巴坚赞写信。

第一封信是写给米钦·杰尉伦珠的，信中说道：

尊贵的米钦：

在你纯洁善业的海面，升起成熟业果的金色太阳，停留在福德的天空中，没有被云雾遮挡而光芒四射，起居安好，深感欣慰。此间，出现了在岭国的福海中诞生因缘莲花的梦兆，欲解奇妙预言的花瓣，望你以慈悲的光辉按时驾临，不要迟误。详情由使者当面陈述。附寄菲礼黄缎一匹。

吉月吉日，书于玉珠江宗城堡。

写完后，把信交给信使，并详细叮咛了务必要请他前来的理由，即刻派往噶乌赛宗城堡去了。

第二封信是写给嘉洛·敦巴坚赞，信中说道：

善果纯白的敦巴坚赞：

听说你那纯洁善业的乳海中，升起的善愿应时成熟的皎月，没有受到曜星罗睺罗的侵害，甚为欣喜！这儿一切安好，最近在岭国绽开一朵奇异睡莲，若欲以预言揭开它的百瓣，则请于吉日按时驾临，不要迟误。详情由来使细表。附呈吉祥的哈达一条。

吉日良辰，书于玉珠江宗城堡。

写完后，立即派人送往嘉洛的牧场去了。

待到太阳升起后，总管王又分别向岭国上部赛巴八族、中部文布六族和下部穆绛四族，以及嘎珠畜牧部落、丹玛十二万户、黑白冬科部落、达戎十八部落派出信使。信使们像一群群鸟儿飞向四方，信件像雪片一样送到了各地。信中通知各大小部落，要在本月十五日这天清晨太阳和月亮同时在天空出现的时候，到岭国首府集会。

这时，总管王又想：听说大成就师唐东嘉波，他的慈悲心比天空还要广，他的教诫比海洋还要深，我想迎请他到岭国，可他是居无定所、游走四方的行者，如果派人去寻找也不知道该去哪里才能找到。

正在为难之际，唐东嘉波在禅定中得到莲花生大师的预言，对他道：“善男子，你马上到岭国去，你的教化事业在那里。”大成就师唐东嘉波得到预言后，就在初十日那天太阳刚照在山顶的时候，赶到了总管王府附近。遂唱起吉祥的道歌：

大恩的至尊上师啊！
赐予成就的本尊神，
消除障碍的空行众，
虔诚祈祷永不离开，
请加持我心想事成！
此地施主听我说：
在赡部洲人身难得，
不修安乐的佛法，
就像出海登上珍宝岛，
全无所获空手而返。
一毛不拔的有钱人，
仿佛那守库的饿鬼，
无权享用真可怜！

假如不能供养三宝，

物质享受像老牛饮水，

没头没尾看见了吧?

人若不能放布施，

财食变成烂芭蕉，

毫无意义知道吗?

布施是增福之道，

布施能积德扬名，

布施是息灾的善事，

因此要舍得布施。

给云游天下的弃世者，

赐予饮食结个缘，

我会为你发愿和回向。

吉祥佛陀满天下，

威望无比大吉利!

吉祥法经遍太空，

权势无比大吉利!

吉祥僧伽遍世间，

福瑞德无比大吉利！

以吉祥之歌为供养，

祝愿岭国因缘聚合！

总管王听到歌声后心想：在门外唱道歌的人，说不定就是大成就师唐东嘉波。他连忙打开窗户往外看时，只见那人留着长发，胡须掩盖了胸膛，身穿一件紫红色长裙，戴着一条蓝色的禅定带，外披白色袈裟，耳朵上戴着海螺饰品，手里握着一根藤杖。见到他的尊容会让人心生欢喜，听到他的声音令人不由产生崇敬之情。

总管王暗暗赞叹道：这真是岭国各部的福气呀！不是借来的夏天刚到，没有邀请的客人——布谷鸟也跟随而来，未曾播种的赛钦花已经开满草原。这么好的运气，真是太凑巧了。他立刻到仓房拿了一条“千瓣莲花”哈达，没有召唤任何仆人，自己一个人急急忙忙跑出去拜谒大成就师唐东嘉波，恭敬顶礼。唐东嘉波知道教化的时机已到，佛的预言也完全应验了，就答应住在岭国传法讲经三年。

再说派往噶乌金城和嘉洛牧场的两位信使，不分昼夜往前赶路。就在这时，米钦·杰尉伦珠做了一个梦，他梦见一位满身黄色的人，骑着一匹黄马，头戴螺盔，身穿金甲，周身闪耀着威严的光芒，他自称是阿尼玛卿山神，对米钦·杰尉伦珠说道："你不要贪睡，快快起身！岭国各大部落公众的因缘是福是祸全在你的一句话上，快去迎接前来送信的人吧！"说完便消失了。

第二天是初十，快到正午的时候，米钦·杰尉伦珠刚做完日常念诵、献供、烟祭等佛事早课，众人已在议事厅聚齐等候。这时有人来报，说门口有位使者求见。米钦·杰尉伦珠想起了昨晚的梦，立即请他进来。

使者走进门，把信件和礼物一并呈上，并行礼道："为了今天的因缘，欢乐需要用歌来引头。"说完便不作任何陈述，直接唱歌禀报道：

在坐诸位贵体可安康？

我是来自总管王府的信使。

杜鹃鸟从南方来，

落到神柏的枝头，

佳音传遍整个雪域，

让夏季百花鲜艳。

白云自南方飘来，

要到蓝天的中心，

降下甘雨润大地，

使秋季谷物成熟。

我此次来到噶乌城，

有要事禀陈大首领，

这关乎岭国民众今后的福祉。

吉本·戎擦查根总管王，

在初八日黎明的睡梦中，

得到神的奇妙授记，

让我前来送书信，

给您通报好消息：

杰尉伦珠大首领，

事情重大一定要去，

您是不变的金太阳，

应把四大洲绕一圈，

如果人间变成黑暗，

恐怕太阳也要遭难。

位居宝座的大首领，

要经常把民情体察，

若不去部落问疾苦，

难说您地位永不变。

须弥山头的湿云，

要飘到广阔田野上，

四方土地若无收成，

山神们也会断给养。

小僧要想去卫藏，

把佛教经典学到底，

身穿袈裟才有出息。

青年要想去嘉那，
把货物运送到卫藏，
臂力强健才有出息。
富豪要想去经商，
谋利赚钱做财主，
帐篷搭高才有出息。
首领要想去理政，
用策略掌握权势，
智谋深广才有出息。
非我胆大敢禀陈，
事实的确是这样。

信使以歌声说明实情以后，米钦·杰尉伦珠才相信他的话不假，于是说道：“有句谚语说得好——首领、高山与大海，贵在坚固不动；政务忙乱首领会迷失方向，高山动摇村民要遭到劫难，大海泛滥土地将被淹没。话虽这么说，但为了岭国各大部落的整体稳定，董氏族声誉远扬，我是肯定要去的。”说完，把信的内容细细推敲一番，接着说道：“昨晚我也做了一个梦，与总管王信中的密意很相符。本来伯父总管王这个人，太阳很难让他温暖，寒风无法使他冰凉。如果没有重大事情，他是不会随便张口的。估计这次一定有要事相商，所以我今天就得动身。你们几位侍从赶紧去打点，跟我一同出发。”

仆人们一起动手，给主人的坐骑搭上鞍垫，备好马鞍，套上辔头，拉好后鞧，扣紧肚带和绊胸。只见它四蹄似乎要踏伏四敌，鞍木似乎要压扁四大部洲。米钦·杰尉伦珠骑上这匹高头大马，如同战神出征一般，带领八名侍卫向总管王府所在的方向驶去。

再说嘉洛·敦巴坚赞，这时正住在自己的牧场。那天夜晚，他睡在大帐里也做了一个梦，梦见一位自称是山神觉钦冬惹的白色人，头上裹着绸头巾，手里捧着装满珠宝的金盆，骑着一头神牛走来。那神牛对他说：“富人嘉洛不要贪睡，睁开眼睛向门口看一看！听听从门口传来的佳音，会使你的心愿变成现实。”

嘉洛·敦巴坚赞从梦中醒来，听到那只吠声如雷的守门犬獒正在狂叫，声音就像豹子在咆哮；犬獒颈上的索链拉来扯去，就像是用抛石鞭猛力投去石子。于是，他赶紧爬起来，唤仆人德嘎拉桑去门外瞧瞧。仆人出去一看，有一位信使正站在门外不远处，说是从总管王府来的。嘉洛·敦巴坚赞心想：总管王府的信使这么早来找我会有什么事情呢？从昨晚的梦境来看，似乎并不是什么凶兆，便让使者进来。这时，灶中的火自行燃烧起来，锅中的茶也自然地沸腾了。嘉洛·敦巴坚赞暗想：看这灶火自燃、茶水沸腾的情形，我的睡梦跟因缘正好相符。俗话说——看雄狮的玉鬃，就知道它具有高强的本领；见鲸鱼的头颅，就知道身上吉祥的斑纹。这位使者前来，一定有佳音报告，遂问使者的来意。使者把总管王如何得到预言，岭国各部为什么要集会，以及为了庆祝这难得的因缘，要请米钦和嘉洛二位大人物前去商议的情况，从头到尾细说了一遍。

嘉洛·敦巴坚赞听后说："若是真有这等大事，王者的旨令犹如悬崖滚石，谁也不敢违抗，而且事情紧迫，做奴仆的怎敢摆架子？老汉我理应前去。”等天刚一亮，嘉洛·敦巴坚赞便骑上他的角马，带领两名侍从上路了。

十三日这天，具有加持力的大成就师唐东嘉波，具有鸿运的贵人米钦·杰尉伦珠，具有福报的财主嘉洛·敦巴坚赞，具有智谋的首领戎擦查根等一同来到玉珠江宗堡城的吉祥庄严大厅，席间摆满了丰盛的美食、茶水、酒类及其他饮品。董氏部族的长老——总管王吉本·戎擦查根取出三条哈达，一条叫“平日安康”，一条叫“祥龙对盘”，一条叫“千瓣莲花”，分别献给了上师和两位头人，以表达对难得因缘的庆贺。他说：“柯子虽小也是良药，花朵再小也是供品。”把一只闪着紫金光的宝瓶摆在大成就师唐东嘉波上师面前，把三匹龙纹缎子献到米钦·杰尉伦珠面前，把装满酥油的金盆子送到嘉洛·敦巴坚赞面前。然后，他接着说道：“救度三界众生的成就师，以福德的力量而居高位的米钦，以布施功德而享福报的嘉洛，坐在上席的神族子孙和今天到会的各位朋友，请大家听我简要讲述一下今天的议题和事情的来龙去脉。

空中的吉星张开了八辐轮状的伞盖，地上的福运摆设了八瓣莲花的宝座，中间教政事业的瑞兆悬挂了八吉祥徽的帏幔。首先，我用吉祥的话语来开头：外器世间构成之理，有情众生解脱之道，三宝佛法传承之源，祖宗董氏族世系之根，若要分类细表，正如浩瀚夜空中的繁星、广阔大地上的谷类一样言之不尽。再说，向佛陀宣讲正法，给太阳点燃明灯，对在座的大德和首领们高谈阔论，这显然是多余的。在座的诸位，个个见多识广，阅历非凡。对于你们，我也用不着延误时间去提醒已知者、指引眼见人。恰好在本月初八日的黎明时分，我做了一个梦，梦中得到一个奇特的授记，以前我从来没有做过这样的梦。若要说明它，就像春天要做什么梦，夏季会开什么花，都是无法预计的。但若是隐瞒不说，恐怕会受到天神的责罚，给岭国各大部落带来隐患，也给已经做成的事情留下遗憾。所以，现在把它讲出来，请各位有智谋的首领分析、有福德的富豪细察！”说完他便唱道：

今日天体运行好，

太阳出来也和煦，

地上良辰因缘满，

吉祥座次具威仪。

夏季气候多温暖，

岭国各部长久乐。

首席黄金宝座上，

大恩高僧请细听！

右席白银宝座上，

杰尉伦珠请细听！

左席锦缎宝座上，

敦巴坚赞请细听！

在本月初八黎明时，

我梦见光明境界中，

玛卿雪山上升太阳，

蕃域各地变得清明，

日光中出现金刚杵，

降落在吉杰峰顶；
蕃地十三位保护神，
齐聚达隆塘致敬礼；
梦见达瓦蒙兰山口，
银色明月逐渐圆满；
梦见直耶赛拉山上，
群星发出白螺的光；
梦见森伦的右手中，
撑一把金柄的黄伞——
白绸伞顶红绿色边，
周围流苏如同彩虹；
不知这是个好梦兆，
或者有恶运要降临？
在这光明的梦境中，
一位高僧骑着雄狮，
头上戴着那莲花冠，
手执天杖和金刚杵，

前面引路的空行母，

全身红色佩戴骨饰，

手持钺刀和天灵盖。

他们同声对我说：

四月初八的梦很吉利，

从初八到十五日，

应召集岭国六大部，

前去玛域拉康塘，

进行会供、祈福、祭祀，

歌舞欢庆好兆头。

这样反复催促叮嘱后，

消失在西南天空中。

这梦是否有含义？

若有，则需要再感应。

三层城堡的奠基石，

砌好筑稳才牢靠；

水浇地四边修田埂，

需从底层打基础；

铁匠想要打好钢刀，

淬火才会变锋利；

缝匠要做合身衣服，

裁剪前应量身体。

在座的诸位请考虑，

对于我的上述梦境，

应该怎样行事望赐教！

大成就师唐东嘉波听后露出微笑，说道："善哉！善哉！依我老僧看来，太阳从东方升起，天不得不亮，所以不必再看什么星辰；浓雾把高山笼罩，雨不得不降，似乎无需听苍龙的啸叫；得到天神的预言，吉兆不得不显现，因此用不着上师来解析。但是，对于关系大众今后命运的事情，还是应该仔细考量。"他想了一会儿，又继续说："三山顶上的金帽子，不是太阳又是谁给它戴？南方门域的杜鹃鸟，不到夏季为何要啼叫？三种瑞相聚合的好梦兆，若无因缘怎么会出现呢？刚才听了总管王的这番话，我感到非常欢喜。这个梦兆我可以简要地解释一下。”说完，大成就师唐东嘉波唱道：

岭国总管王请细听：
你乃光明神的后裔，
是修道得证的法统，
有善于谋略的传承，
所以，这梦不会有错。
从玛卿雪山升太阳，
光芒照耀着岭国，
是圣智慈悲的阳光，
大展宏图的象征；
阳光中出现金刚杵，
降落到吉杰峰顶，
预示着非凡的天神，
即将在这里诞生；

各路护神致敬礼，

是在迎接下凡的救世主；

蒙兰山口显皎月，

象征其兄为忿怒金刚化身；

赛拉山上群星璀璨，

预示丹玛要任其大臣；

格佐山头现长虹，

象征其父是念神后裔；

毫光照在玛旁湖，

预示其生母来自龙宫；

森伦右手撑伞盖，

预示生父是森伦；

伞顶白色是和平为本，

伞边红色为降伏三界之兆，

绿色象征威猛诛业，

黄色流苏预示向十方扩张；

伞柄由黄金制成，

象征利生事业增盛；

伞旋覆盖大地，

是威镇四方的象征；

各地财宝往中央运，

是收服边远诸魔之兆。

高僧就是莲花生大师，

空行便是金刚亥母，

只要遵从他们的旨意，

岭国将会胜出十八邦，

运势昌盛物阜民康，

事业兴旺名扬天下。

只要不错过良机，

全力以赴筹办盛会，

岭国民众的心愿，

一定能够变成现实。

听了大成就师唐东嘉波的歌，米钦·杰尉伦珠心中无比喜悦，开口说道："哎呀，太好啦！能听到这样的好消息，肯定是前世积了福德。但是，不知道能不能按梦兆所显的那样应验？不知道我们有没有福气享受这样的事实？俗话说：如果缺乏信仰，就难以受到加持；如果没有福气，就难以找到财宝；如果不务农事，就难以收获庄稼；如果没有恒心，就难以办成事情。这预言虽然是在梦中得到的，但我们应当遵从它，努力去执行才对。我看现在应该按照总管王的梦境和大成就师的解析，大家共同商议并积极筹备岭国各部的集会，举行一次盛大的庆祝仪式，开展修法会供、祭祀战神、祈福等活动。"

嘉洛·敦巴坚赞也说："米钦说得很对。今天大成就师已经把梦兆解释得清清楚楚了，有上师的加持和空行母的预言，说明这梦意义非常重大，我们不必再作探究。在座的岭国各部前辈、首领和勇士，你们就像须弥山一样稳重，有计谋的拿出计谋，有智慧的做出判断，大家群策群力，共同议定计划，按步骤组织实施。"

这天的会上，所有人都达成一致意见，确定了集会

的时间。

次日，在日月交辉的黎明时分，岭国上、中、下各地大小部落的人们，便出发向聚会场所集中，在那里扎下了营帐。放眼望去，遍野都是大帐篷，升起的炊烟像南天的云彩一样升腾。人们穿戴艳丽盛装，就像夏日绽开的山花；乘骑的马匹膘肥体壮，犹如秋天成熟的五谷。在众多帐篷的中央，有一顶雪山一样高大的议事大帐，顶部插着一面金黄色的旗帜，它像那初升的太阳，里面依次摆放着金座、银座、虎皮坐垫、豹皮坐垫、绸缎软垫等各种席位。当太阳的光辉照遍山河大地的时候，便响起了悠远的法螺声。

随着法螺声，以达戎·阿努斯潘为首的岭国长系部众如猛虎出山，以甲本·赛吉阿嘎为首的岭国仲系部众像丝线串珠，以奔巴·曲鲁达潘为首的岭国幼系部众像利箭横飞，一起涌入议事大帐集会。待人们到齐以后，精明干练的穆绛达宗唱起了安排座次的歌：

充满虹光的大帐里，

各部首领齐聚集，

在这议事的日子，

但愿天气晴朗！

与会的各方人士，

如果坐错了座位，

即便劳苦功高，

也不能赎回罪过。

上方金座的首席，

大成就师唐东嘉波请入坐！

右席白银宝座上，

总管王吉本·戎擦查根请入坐！

左席海螺宝座上，

米钦·杰尉伦珠请入坐！

前排旃檀宝座上，

甲本·赛吉阿尔嘎请入坐！

斑斓虎皮坐垫上，

达戎·阿努斯潘请入坐！

斑点豹皮坐垫上，

达戎首领超通请入坐！

圆形厚软皮垫上，

千总邬孜协乔请入坐！

右边绸缎高垫上，

亚德·吉乔塔巴请入坐！

左边绸缎坐垫上，

阿努向伦桑禅请入坐！

上边长方绸垫上，

玉亚·衮波东图请入坐！

左右之间坐垫上，

冬赞达潘阿杰请入坐！

青年右排首席上，

巴色·拉希嘎波请入坐！

青年左排首席上，

赛巴·本琼尼奔请入坐！

嘎珠豪强首席上，

嘎德·曲迥尉那、

嘉洛·敦巴坚赞请入坐！

丹玛万户首席上，

大臣擦香·丹玛请入坐！

黑白冬科部落首席上，

尉嘎·塔巴坚赞请入坐！

此外，各位勇士以下，

万户、千户、百户、十户长，

德高年长者列坐首席！

幼小晚辈坐下席！

人类有头、颈与肩膀，

牲畜有角、背与尾部，

大地有山、川与平坝，

尊长爱幼成方圆。

今日众人来聚会，

按序入座不要混乱！

违背戒条有僧律，

触犯王法受处罚！

唱毕，进入会场上的人们不慌不忙地坐在了各自的座位上。仆人们端来一壶一壶的茶水、一盒一盒的白细糌粑、一盘一盘的酥油酪糕、一碟一碟的肥嫩肉食、一瓮一瓮的青稞美酒，供大家吃喝享用。

这时，总管王吉本·戎擦查根从座位上站起来说道："今日，长天气爽云高，大地风和日丽，聚集一处的人们吉祥安康。岭国六大部的大师、首领、显贵富豪、僧俗民众前来参加集会，共同商议兴邦大计，希望大家广泛发表意见。特别是上师们要做出预言，首领们要全面思考，长辈们要做出判断，聪明伶俐的青年人也要献计献策，谁也不许互相推委、照顾情面、欺蒙隐瞒，更不许对着黄金巨石一般的公众大事，拿私欲的毒斧去砍。常言道：不走三步，则无法开始一个月的路程；不说三句，就难以切入要商量的议题。在孟夏四月初八日的黎明时分，总管王我做了一个梦，得到神灵的预言启示。它关乎岭国大众今后的福祉利益，如果不让所有人知道此事，并拿出自己的主意，恐怕会误大事。俗话说得好：三石立齐，可以置锅；三人同心，必能成事。再说，如果办事祈求神灵，基础就会坚稳；只要水源连着雪山，江河就不会干涸。因为有这样的想法，我便向大成就师唐东嘉波请教。大成就师说：那不是梦境是光明，那不是幻觉是授记，这关乎雪域众生的福祉，关乎岭国各部的兴衰，千万不要疏忽大意，不能延误时机。必须立即召集各大部落集会，令嘉洛·敦巴坚赞摆设酒宴，由我讲梦兆，让众人共同决断这件事情。按照上师的谕示，我现把梦中得到授记的情况通报给诸位，请各部落的人们听清楚后思量一番。”

说完，他把自己在梦中得到授记预言的内容和大成就师唐东嘉波对梦的解析情况一五一十地给大家进行了通报。

总管王通报完以后，会场上各部首领争先恐后地发表意见，对如何举行民众盛会等事宜献计献策。正如俗话所说：一人一个调，百鸟百种声。众人虽然说法不一，但最终还是取得了一致意见。

最后，米钦·杰尉伦珠说道："今天，对总管王的梦兆授记，和它所预示的重大意义，没有人持怀疑态度。我打个比方：星斗虽然众多，驱逐黑暗还要靠月亮；峡谷虽然广宽，路人还得从桥上过；人和神虽然想到一处，最终决定还要靠神旨。只要众人同心同德,坐骑步伐就会一致。因此，一定要按照预言授记，从五月上旬开始，岭国上、中、下各地，上至赛巴八族，下至达乌黑红部落，包括达戎十八大部落，都要起帐登程，赶到玛嘎宁草原集会，届时举行大会供，供养三宝三根本，礼赞战神，诵经祈福，煨桑献祭，同时还要唱歌跳舞，举行盛大的庆祝活动。"说完，唱歌进行了分工：

歌声宽广遍虚空，

今天到会的人中，

有上师与首领，

有各部落民众。

今日因缘自然形成，

只要心中有三宝，

众人定能凝聚力量。

虚空无边覆被广，

日月能除四洲黑暗。

大地根基若坚稳，

雪域佛法就能传扬。

各大部落人烟稠，

总管王为首众心齐。

就像梦兆所预言，

要从五月初一起，

岭国各部民众，

要在玛嘎宁塘草原集会。

嘉洛·敦巴坚赞，

广积福德好布施，

请你来做大东家，

在庆祝会上摆宴席！

所有上师和僧侣，

要煨桑烟祭赞战神！

米钦、斯潘和塔巴，

超同、森伦，以及

百户扎孜和玉雅，

董赞、阿杰及达潘、

尼玛坚赞等十三人，

要把岭国人马召集起来！

还要把谷物与桑料，

飞幡彩箭祭神物，

盔甲供品放生畜，

备办齐全缺一不可。

骑士衣帽与服饰，

武器佩挂要整齐。

坐骑毛色和步调要一致，

鞍具、缰辔也要相同。

果萨、甲萨和戎萨、
祝萨与扎萨、
达措曲珍和索南曼、
贝宗德吉与央桑等,
岭国十三贤妇,
要组织男女献歌舞!
六大部落的盛会,
要办得隆重又热烈——
使日月驻足难行,
使高山无法安宁,
使鬼神不敢接近,
使仇敌心惊胆寒,
使亲朋身心愉悦,
使四境守兵长志气,
使大小部落有自信,
使千家万户传名声。
如果不能尽职责,

必将按照律法论处，

在座的各部民众，

请你们把这话记心上。

米钦·杰尉伦珠唱完歌，便起草了与上述内容相符的文书，并抄写传送，明告各部。各位上师和部落首领收到文告后，一致表示拥护并遵照执行，大家怀着无比喜悦的心情返回各自的部落。从那天起，岭国上、中、下各地大小部落的男女老少都期待着神子尽快降临到人间。

2018年6月28日（藏历第十七饶迥土狗年五月十五日“世界公桑日”）完稿

后 记

《〈格萨尔〉史诗简明读本》是我到青海省文联工作后开始编译的。之前，在青海省政协机关工作期间，我多次聆听过曾在省委重要领导岗位工作并先后担任省政协主席的桑结加、白玛、仁青加、多杰热旦和省政协副主席仁青安杰（中国佛教协会副会长、青海省佛教协会会长）等领导在有关会议和活动中，对如何传承和弘扬民族优秀文化遗产、重视《格萨尔》的发掘整理、探索格萨尔文化的发展途径、向世人生动展示《格萨尔》的魅力等重要的讲话，而且有机会单独与他们就格萨尔史诗传承与发展进行交流，使我受到启发和教育。2017年初，在我即将到省文联从事《格萨尔》工作之际，时任青海省政协常务副主席的王小青（原省委常委、省委秘书长）对我寄予殷切希望，他说："《格萨尔》是世界上最长的史诗，在藏族和其他一些少数民族地区广泛流传，但是，在汉语读者中除了学术文化领域之外没有得到有效传播，你到省文联从事《格萨尔》工作以后，应该在这部史诗的推广普及方面多下一些功夫，最好是有计划、有重点地翻译和编写一套格萨尔史诗的普及性读物。"

2017 年 3 月，青海省文联《格萨尔》工作专题会议上，省文联党组书记、主席班果强调指出："作为我国藏族历史文化的百科全书，作为世界文化遗产的格萨尔史诗，只有做好翻译工作才能走出目前只在藏族文人或者个别学术圈内利用、参考、研究的局限，使更多的地区、更多的民族认识和了解它，这样才能成为全人类共同的优秀文化成果,从局部'家喻户晓'变为世界各地各民族'人人皆知'。"

2019 年 8 月，青海省文联副主席、省作家协会主席梅卓对我提出：“《格萨尔》工作应该突破传统思维定势，创新工作思路，贵在积极探索和尝试新的方法和举措。比如，对《格萨尔》不同版本进行梳理，与其他史诗进行比较研究；让电影、电视、戏剧等不同艺术表现形式在《格萨尔》非遗传承中发挥更大作用；重视《格萨尔》翻译工作，选择经典版本和经典故事，把它翻译成汉文甚至外文，以通俗易懂的语言，符合现代人的阅读习惯和大众化审美需求的情节，讲好格萨尔王的故事。”

各级领导和专家学者对《格萨尔》工作的重视和提出的新希望新要求，让我这个刚刚加入《格萨尔》史诗保护和研究行列的新手深感振奋、备受鼓舞，在工作中找到了自己今后应该努力的方向——编译《〈格萨尔〉史诗简明读本》丛书。

我的这一设想得到青海人民出版社总编辑、著名诗人王绍玉（马非）和编辑、诗人王伟的认同和极大支持，我们共同商量做出了一项计划，由我每年从《格萨尔》部本中选择编译两本简明读本，青海人民出版社负责编辑出版。我以为，如果把他们的这份热情仅仅看作是对我个人工作的帮助，那我就太狭隘了，这其实是对代表古代藏族民间文化和口头叙事传统文学的最高成就的英雄史诗《格萨尔》，在新时代背景下发挥文化传承和文化创新作用，弘扬民族优秀传统文化、维系人类文化多样性的有力举措。

全国《格萨尔》工作领导小组办公室主任诺布旺丹博士为这个丛书撰写的序言，既有深度又有高度，这不仅是他对编译者的鼓励,更重要的是表明了全国《格萨尔》工作领导小组办公室对《格萨尔》普及工作的重视和对简明读本编译工作的积极倡导。富有经验的插图画家秀贝女士怀着对格萨尔王的崇敬之情，用画笔描绘出一幅幅生动的史诗场景，使本书内容更加活泼形象。

我给自己制定的计划，不管能做到什么程度，唯一的愿望是把它坚持下去。

《格萨尔》的神奇不在于它是当今世界上最长的史诗，而是因为它以活的形态的方式被一代又一代民间艺人所传唱,而且仍在不断出现新的故事、新的内容。每一个《格萨尔》的部本或分章本，由不同时期、不同地区的不同艺人演绎出各具特色的不同版本，不论是以前珍藏的手抄本、木刻本还是现在挖掘整理出版的版本，或者最新根据艺人说唱记录的文本，同一个部本（分章本）各种文本的基本框架大致相似，但是故事情节没有完全相同的，叙述风格各有特点，内容篇幅简繁不等。为此，在编译《〈格萨尔〉史诗简明读本》的过程中，需要参考同一个《格萨尔》部本的好几种藏文版本，从中选择一些典型故事和具有代表性的事件以及人物的精彩对白和唱词等，我还对照参考了一些《格萨尔》汉译本，尽量做到译文表述方式和人名、地名等词汇、术语的统一。

本人才能和精力十分有限，编译不当和遗漏之处肯定很多，希望得到《格萨尔》学界的专业人员和热爱格萨尔文化的读者及朋友的宽容和谅解。

久美多杰

2019 年 12 月 于西宁